www.ingramcontent.com/pod-product-compliance
Lightning Source LLC
LaVergne TN
LVHW010830051026
849532LV00007B/2662
* 9 7 8 9 3 5 8 7 2 6 9 6 1 *

مرحوم یاد

(طنزیہ و مزاحیہ افسانے)

مہندر ناتھ

Marhoom Yaad *(Short Stories)*

by: Mahender Nath

Edition: September '2024

Publisher :

Taemeer Publications LLC (Michigan, USA / Hyderabad, India)

ISBN 978-93-5872-696-1

کتاب	:	**مرحوم یاد** (افسانے)
مصنف	:	**مہندر ناتھ**
صنف	:	فکشن
ناشر	:	تعمیر پبلی کیشنز (حیدرآباد، انڈیا)
سالِ اشاعت	:	۲۰۲۴ء
صفحات	:	۱۰۶
سرورق ڈیزائن	:	تعمیر ویب ڈیزائن

فہرست

سرلا دیوی

پھر تیرے کوچے کو جاتا ہے خیال

"میرے بچپن ۔ جوانی اور چالیس کو پار کرتی عمر کی یادوں کی چادر، جو میرے بھائی مہندر ناتھ کی باتوں اور زندگی کے سنہری تاروں سے بنی ہے ۔ میرے گرد اس طرح چمٹی ہوئی ہے ۔ جیسے میرے جسم کی جلد۔

سچ پوچھئے تو مہندر جی کی موت کے بعد، یادوں کی اس چادر کو ، جسے میں نے ہمیشہ کے لئے اوڑھ لیا ہے ۔میں اُدھیڑنا نہیں چاہتی ۔لیکن یہ بھی ایک کڑوی حقیقت ہے کہ مجھے اس کو اُدھیڑنا ہوگا ۔ اور اس تکلیف کو سہنا ہوگا ۔ ہاں اس تکلیف کو ، جو جسم کی چمڑی اُدھیڑنے والے کو سہنی ہوتی ہے ۔کیوں کہ مہندر جی پر ایک نمبر نکل رہا ہے ۔ اور مجھے ان پر لکھنا ہے ۔ ضرور لکھنا ہے ۔ان کی موت کے بعد۔

یہ نمبر نکل رہا ہے ، اور نکلے گا ۔ افسوس صرف اتنا ہے کہ نمبر ان کی زندگی میں نہیں نکلا۔ کاش وہ بھی مسرت کے وہ چند لمحے جی لیتے جو ایک ادیب کی زندگی میں آنے چاہئیں کیوں کہ وہ ادب کے لئے اپنی زندگی کی بازی لگاتا ہے ۔

مہندر جی کو ایک دو سال سے یہ چاہ کچھ کے لینے لگی تھی کہ ان پر نمبر نکلے ۔انھوں نے تیس کے قریب کتابیں لکھیں ۔ یہ کوئی معمولی بات نہیں تھی ۔ ادب کی خاطر انھوں نے نوکری نہیں کی تھی ۔ بہت غم سہے خونِ جگر پیا مگر نتیجہ ۔ وہی ڈھاک کے تین پات ۔ سچ مانئے اس نمبر

کے لئے ان کے دل میں ایک تڑپ تھی۔ ارمان تھا۔ چاہ تھی پر ان کی زندگی میں کچھ نہ ہوا۔ وہ اکثر کہا کرتے تھے۔ جب موت کے بعد کسی ادیب کا نمبر نکلتا ہے۔ یا پدم شری ملتا ہے۔ یا مرنے والے کے کارناموں کا چرچا ہوتا ہے" سرلا" عجیب و غریب دُنیا ہے۔ اب نمبر نکل رہے ہیں، سنگِ مر مر کی سمادھی بن رہی ہے۔ قبر پر سجدے ہو رہے ہیں۔ میں تو کہتا ہوں۔ جو دینا ہے بھئی زندگی میں دے دو" بھئی اگر سنگ مر مر کا کرشن نہیں دے سکتے تو سیمنٹ کا دے دو۔ مگر زندگی میں دے دو۔

لیکن مہندر جی کی باتیں کس نے سُنی۔ کس نے سمجھی۔ شاید اسی لئے وہ بچپن میں پتھروں سے کھیلا کرتے تھے۔۔۔

ان سے گھنٹوں باتیں کیا کرتے تھے۔ دیواروں کو کہانیاں سنایا کرتے تھے۔ ہماری ماں جی کہتی۔ ناتھ نے (مہندر جی کو وہ ناتھ پکارا کرتی تھیں) کبھی کھلونوں کے لئے ضد نہیں کی کبھی چابی والی موٹر نہیں مانگی۔ بس کچھ پتھر لئے ایک ہاتھ میں کسی پیڑ کی ٹہنی لی اور گھر کے کسی کونے میں پتھروں کو لے کر بیٹھ گئے کسی پتھر کو راجا۔ کسی پتھر کو رانی اور کسی کو غلام بنالیا۔ اور ان سے کبھی دھیرے دھیرے بات کرتے۔ کبھی زور سے اور کبھی پتھروں کو ٹہنی سے پیٹتے۔"

جب ماں جی دوڑی جاتیں اور پوچھتیں کہ کیا ہو رہا ہے۔ تو مہندر جی کہتے یہ راجا اور رانی غلام کو مار رہے ہیں میں انھیں مارنے نہیں دوں گا۔

"ماں جی کہتی۔ بیٹا یہ تو پتھر ہیں۔"

"نہیں۔ مہندر جی کہتے۔ یہ راجا رانی ہیں۔ آج انھیں ٹھیک کر کے رہونگا۔"

"ہش۔ ایسے نہیں کہتے بیٹا۔ ہم تو راجہ کے راج میں۔ رہ رہے ہیں۔ ایسے نہیں کہتے۔"

"نہیں۔ آج انھیں ٹھیک کر کے رہونگا۔

"اچھا جو میں آئے۔ تیرے کھیل ہی نرالے ہیں۔ ماں جی ہنستی چلی جاتیں۔

"آخری دم تک مہندر جی کے کھیل نرالے ہی رہے۔

جب سے ہوش سنبھالا مہندر جی اور کرشن جی کو ساتھ ساتھ دیکھا۔ کبھی اکیلا نہیں دیکھا۔ کھانا کھا رہے ہیں تو ایک تھالی میں سو رہے ہیں تو ایک بستر میں۔ دونوں کو ایک دوسرے سے بے حد پیار تھا۔ ہم نے ان کو کبھی الگ الگ تصور نہیں کیا۔ ماں جی ہمیشہ نوکروں سے کہا کرتیں۔ کاکوں کا کھانا لگا دے۔ کاکوں کا بستر لگا دے۔ کاکے پڑھ رہے ہیں۔ کاکوں کے دوست آئے ہیں۔

لیکن پھر بھی دونوں بھائیوں کی فطرت میں بڑا فرق تھا۔ کرشن جی گھر کے معاملوں میں دخل نہ دیتے تھے۔ زیادہ بات نہیں کرتے، لیکن مہندر جی۔ گھر کی ساری باتیں ان سے ہوتی تھیں۔ اور گھر کا سارا کام ان کی رائے سے ہوتا تھا بابو (پتا جی) کرشن جی دونوں ان کی رائے پر چلتے۔ ان کی رضا کے بنا، گھر میں پتہ تک نہ ہلتا۔

میں بہت چھوٹی تھی۔ ماں جی کو نہ جانے مکان بنانے کی کیا سوجھی۔ وہ بھی وزیر آباد میں جہاں ہمارے دادا رہتے تھے۔ ہم لوگ وہاں کبھی نہ رہے۔ ہمارے بابو جی کو مکان دوکان بنانے کا قطعی شوق نہ تھا۔ گھر میں اکثر اسی بات کو لے کر بحث ہوتی۔ بابو جی کہتے۔

"بھلے لوکے! میں کہتا ہوں۔ فرضی مکان بنانے کے چکر میں نہ پڑ ایسے مکان بنا رہا ہوں جو زندگی بھر تیرا ساتھ دیں گے۔ ایسا نام پیدا کریں گے کہ دنیا دیکھے گی۔"

(ان کا اشارہ کرشن جی اور مہندر جی کی طرف ہوتا)

"لیکن ماں جی اپنی ہٹ کی پکی تھیں۔ اس لئے انھوں نے مہندر جی کو تھام لیا۔

"بیٹا دیکھ اپنے سب رشتہ داروں کے مکان ہیں۔ اپنے پُرکھوں کے شہر میں مجھے ایک مکان ضرور بنوانا ہے۔ جس سے رشتہ دار یہ نہ کہیں کہ پیسہ رکھنا نہ آیا۔ کھایا اور اُڑایا۔ تو اپنے بابو جی کو سمجھا۔ کہ مجھے مکان بنوانے سے نہ روکیں۔"

مہندر جی بابوجی کے پاس گئے۔ "آپ ڈاکٹر ہیں۔ ہر مرض کی دوا کرتے ہیں۔ سو چئے ماں جی کو یہی ایک مرض ہے جسے آپ کو ٹھیک کرنا ہے۔"

سب زور سے ہنسے، اور دوسرے دن ماں جی مکان بنوانے وزیر آباد چلی گئیں۔

لیکن۔ ہم بھائی بہنوں میں سے کسی نے وہ مکان نہ دیکھا۔ ہمارے بابوجی کبھی نہ گئے۔ ماں جی مہندر جی سے اصرار کرتیں کہ تو ہی مکان دیکھ آ۔ کتنا خوبصورت بنوایا ہے۔"

لیکن مہندر جی اتنا کہہ کر بات ختم کر دیتے۔ "میں تو اپنے بھائی کو دیکھتا ہوں۔ وہی میرا سب سے بڑا محل ہے۔

دسویں تک مہندر جی پونچھ میں پڑھے۔ پھر کرشن جی کے ساتھ لاہور چلے آئے۔ گھر جیسے ویران ہو گیا۔ بابوجی کے پاس میں اور میرا چھوٹا بھائی اوم رہ گئے۔ ماں جی اکثر پنجاب رہا کرتی تھیں جہاں ان کے بھائی بہن تھے۔ آج کسی کی شادی میں کل کسی کی غمی میں، اوم اسکول پڑھنے چلا جاتا۔ پونچھ میں لڑکیوں کا اسکول پانچویں تک تھا۔ میں پانچویں کے بعد کیا کروں۔ میں نے مہندر جی کو لکھا "میرا بھی کچھ سوچئے۔ مجھے بھی لاہور بلالو۔ میں بھی پڑھنا چاہتی ہوں۔

" بھائی صاحب نے جواب دیا۔ سرلا تم بہت چھوٹی ہو۔ تمھیں یہاں کہاں بلاؤں۔ لیکن گارنٹی کی بات ہے کہ تمھارے بڑے ہونے تک بہت بھاری انقلاب آئے گا۔ لڑکی کو پڑھنے کے لئے۔ اپنے بھائی یا ماں کی منت کرنی پڑے گی۔ تب اندھیرا پاش پاش ہو جائیگا۔ اور روشنی خود تم لوگوں کے قدم چومے گی۔ لیکن انقلاب کے لئے لگاتار جدوجہد کی ضرورت ہے۔

"میں نے پہلی بار انقلاب کا لفظ مہندر جی سے سُنا۔ مہندر جی نے اس خط میں لکھا تم اوم سے خالی وقت میں اردو پڑھنا سیکھو۔ خالی بیٹھنے سے انقلاب نہیں آتا۔" اور انھوں نے مجھے خالی بیٹھنے نہیں دیا۔ وہ لاہور سے میرے لئے اردو میں پریوں کی کتابیں بھیجتے اور لکھتے کہ انھیں پڑھ کر رکھنا جب ہم چھٹیوں میں گھر آئیں گے تو تم سے لفظ بہ لفظ سُنیں گے۔

تو اردو میں نے اس طرح مہندر جی کے افسانے سے سیکھی۔

بھائی لوگ گھر آئے تو میں مہندر جی سے رات کو کہانیاں سُنانے کو کہتی۔ مہندر جی کہتے
میں بھوت پریت کی کہانیاں سُناؤں گا۔ تم پریوں کی سُنانا۔
نہیں بھاپا جی۔ بھوت پریتوں کی نہیں۔ ہمیں ڈر لگے گا۔
"جو ڈرا سو مرا" وہ کہتے " ویسے بھوت پریت نام کی کوئی چیز نہیں۔ لیکن زندگی بڑی سنگین ہے۔ سب کچھ سُننے کے لئے دل کو تیار رکھنا چاہیئے۔
شاید انھیں دنوں کی بات ہے۔ ایک دن مہندر جی کا لاہور سے پونچھ میں تار آیا " کرشن جی کہیں لاہور سے باہر چلے گئے ہیں۔ میں ان کے یوں چُپ چاپ چلے جانے سے اکیلا رہ گیا ہوں۔ نہ معلوم میرا بھائی مجھ سے روٹھ کر کہاں چلا گیا۔
یہ تار پڑھ کر ہم سب پتھر سے ہو گئے۔ زندگی بہت سنگین ہے۔ اس کا مطلب سمجھ میں آنے لگا۔ ماں جی پاگل سی ہو گئیں۔ مہندر جی دلاسا دیتے۔ " میرا بھائی جینیس ہے۔ ماحول راس نہیں آیا۔ لیکن میری ہمت اور آپ کی ممتا " اسے ضرور ہمارے پاس واپس لائے گی۔

جب تک کرشن جی واپس نہیں آئے، مہندر جی کالج نہیں گئے۔
لیکن میرا یہ ڈھارس دینے والا بھائی آج کہیں دکھائی نہیں دیتا۔ آنکھ آنسو سے بھری ہے۔ کرشن جی ٹوٹے ہوئے پھرتے ہیں۔ دھیرج دینے والا وہ بھائی کہاں گیا۔ وہ ہماری طرف مُڑ کر نہیں دیکھتا۔ میں مُڑ کر پیچھے دیکھتی ہوں "
بھائی صاحب کے واپس آجانے پر ماں جی بھی ان کے ساتھ لاہور چلی گئیں، اور میں بھی، زندگی میں گہما گہمی آگئی۔ قہقہے گونجتے رہتے۔ ایف اے تک مہندر جی کا قد چھوٹا تھا۔ کسی نے گینڈا کہہ دیا۔ بس بات دل کو لگ گئی۔ دوسرے ہی دن ورزش کے لئے

مگدر وغیرہ خرید لائے ۔ ڈنڈ پیلے اور طرح طرح کی ورزشیں کیں ایک سال میں قد کو سرو کے پیڑ کی طرح لمبا کرلیا۔ ہمارے گھر میں وہی سب سے خوبصورت تھے۔

مہندر جی کو انھیں دنوں پتنگ اُڑانے کا شوق چرایا لیکن کرشن جی اس کے بالکل خلاف تھے وہ مہندر جی کو سمجھاتے کہ کیا آٹھوں پہر پتنگ بازی کے چکر میں پڑے رہتے ہو۔ لیکن مہندر جی نہ مانتے ایک دن دونوں بھائیوں میں مار پیٹ ہوگئی ۔ ایک دوسرے پر میز کرسیاں پھینکیں۔ آخر مہندر جی نے ان سے پوچھا۔ آپ پتنگ اُڑانے سے روکتے کیوں ہیں ؟ ۔

"بھئی اگر ڈور سے تمھارا انگوٹھا کٹ گیا۔ دراصل میں تمھاری انگلی میں خون بہتا نہیں دیکھ سکتا ۔

یہ بات ہے ؟ تب آج سے پتنگ بازی بند" مہندر جی کرشن جی کے گلے سے لپٹ گئے ۔ یہ بھی ان کی محبت ۔

ایک دفعہ کرشن جی کو یرقان ہوگیا ۔ ہم لوگ پونچھ کی تحصیل مینڈر میں تھے کرشن جی کالج سے چھٹی لے کر گھر آگئے ۔ دو دن بعد مہندر جی بھی اپنا سامان لے کر گھر آگئے ۔ ماں جی اور بابو جی نے کہا ناتھ تمھارے امتحان کے دن نزدیک آرہے ہیں اور تم یہاں چلے آئے ۔ ؟

"ماں جی میرا بھائی بستر پر بیمار پڑا ہے اور میں اس سے دور رہوں ۔ یہ نہیں ہوسکتا !

کرشن جی کی بیماری لمبی ہوگئی ۔ یرقان ٹھیک ہونے میں نہ آیا ۔ ماہ گذر گئے ماں جی اور بابو جی فکرمند رہتے ۔ ایک دن میں نے دیکھا کہ مہندر جی مکان کے باہر کی دیوار کے ساتھ لگے رو رہے تھے ۔ اور رو رو کر کہہ رہے تھے ۔ بھگوان میرے بھائی کو ٹھیک کردے ۔ میں سچ کہتا ہوں میں اس کے بنا نہیں رہ سکتا ۔

معلوم نہیں دُعا کا اثر یا دوا کا ۔ کرشن جی ٹھیک ہوتے گئے ۔

پھر دونوں بھائی لاہور چلے گئے ۔ اس سال کرشن جی پاس ہوگئے اور مہندر جی

فیل، ماں جی نے فیصلہ کیا کہ ناتھ فیل ہوگیا اس لئے کرشن جی کے پاس ہونے کے لڈو شہر میں نہ بانٹوں گی۔

لیکن مہندر جی نے جھٹ سے نئے کپڑے پہنے اور ماں جی سے کہا۔" ماں جی لڈو بانٹئے۔ کیا ہوا میں فیل ہوگیا۔ میرا بڑا بھائی تو پاس ہوگیا۔ جو گھر میں بڑا ہے وہ تو پھل پھول رہا ہے۔ ہم سب تو اس کی چھایا ہیں،

گھر میں ایک دم خوشی کی لہر دوڑ گئی۔ ماں جی نے شہر میں لڈو بانٹ دیئے۔

کرشن جی نے ایم اے کیا، پھر ایل۔ ایل۔ بی پاس کرلیا۔ اور مہندر جی ایم۔ اے تک پڑھے۔ کرشن جی پونچھ میں نوکری کرنا نہیں چاہتے تھے۔ بابو جی تو چاہتے تھے مہندر جی پونچھ میں رہیں۔ انھیں کے نام پر انھوں نے "مہندرا میڈیکل ہال کھولا۔ لیکن مہندر جی نے صاف کہہ دیا۔ میں ڈاکٹر نہیں ہوں۔ کلینک میں نہیں بیٹھوں گا۔ " نیم حکیم خطرہ جان کی کہاوت نہیں دہراؤں گا" انھوں نے کہاوت نہیں دہرائی۔

دونوں بھائی جوان ہوگئے تھے۔ ماں جی کو ان کی شادی کی فکر ستانے لگی تھی۔ مہندر جی کے لئے پونچھ کے امیر خاندان کی خوبصورت لڑکی کا رشتہ آیا۔ لیکن مہندر جی نے صاف منع کر دیا۔ پہلے بڑے بھائی کی شادی ہو جائے۔ پھر میرا سوال اُٹھے گا۔

ماں جی بہت دن تک سمجھاتی رہیں۔" ناتھ لڑکی بہت خوبصورت ہے۔ گھر بہت اچھا ہے۔ ابھی شادی کی نہیں۔ سگائی کی بات ہے۔ تم سگائی کر لو۔ آخر ایک دن مہندر جی نے اپنے دل کی بات کہہ دی۔" ماں جی اصل بات یہ ہے کہ میں شادی وادی کے چکر میں پڑنا نہیں چاہتا۔ یہ میرا آخری فیصلہ ہے۔

اس لڑکی کو میں اچھی طرح جانتی تھی۔ وہ میری پیاری سہیلی تھی۔ ماں جی نے لڑکی والوں کو نہ جانے کیوں دو ٹوک جواب نہ دیا وہ دو سال تک آس لگائے رہے۔ لڑکی بھی مہندر جی کو بہت چاہنے لگی۔ اور جب بھی میرے ساتھ ہوتی۔ مہندر جی کی بات کرتی رہتی۔ مہندر جی کی کہانی " چاندی کے

تار" اور ناول " رات اندھیری " کا ایک حصّہ اسی کے بارے میں ہے ۔

کرشن جی کی شادی کے بعد ہم سب دلّی میں آ گئے ۔ مہندر جی نے کہانی ۔ ناول اور ڈرامے لکھنے شروع کئے ۔ وہ مشہور ہونے لگے ۔ یہ بات شاید ۱۹۴۰ء کے قریب کی ہے ۔ ماں جی کہتی ۔ ناتھ تم لکھنا وکھنا چھوڑ کر نوکری کر لو ۔ مہندر جی نے انکار کیا ۔ ماں جی بہت پیچھے پڑیں تو امتحان دے دیا ۔ پاس بھی ہو گئے لیکن نوکری نہیں کی ۔

"کرشن جی کا تبادلہ لکھنؤ ہوا ۔ مہندر جی بستر باندھ کر تیار ہو گئے ۔ ماں جی نے کہا ۔ "تم لکھنؤ مت جاؤ ۔ کیا تم بھائی کے پچھ لگو ہو ۔ انھوں نے جواب دیا ۔ ہاں مجھے اپنے بھائی کا پچھ لگو ہونے پر ناز ہے ۔"

پھر بڑے بھائی صاحب پونہ چلے گئے ۔ مہندر جی بھی پونہ چلے گئے ۔ پھر کرشن جی بمبئی آ گئے ۔ مہندر جی بھی ان کے ساتھ ہی بمبئی آ گئے ۔ دونوں بھائیوں نے فلم کا دھندا شروع کیا ۔ بھائی صاحب نے فلم بنائی ۔ "سرائے کے باہر" اور " راکھ ۔ مہندر جی ہیرو بنے ۔"

ایک دن ماں جی نے سوٹنگ دیکھنے پر اصرار کیا ۔ دیکھوں تم وہاں کیا کرتے ہو ۔ ماں جی شوٹنگ سے واپس آئیں تو رونے لگیں ۔" ناتھ تم مُنھ پر رنگ پوت کر سوانگ کرو گے ۔ تم تو افسر بنتے ۔ یہ تو بہروپیا کا کام ہے ۔

مہندر جی نے جھٹ جواب دیا ۔ ماں جی ۔ کیا آپ روز گیتا میں یہ نہیں پڑھتیں کہ یہ دُنیا ایک سوانگ ہے ۔ ایک تماشہ ہے اور ہم سب بہروپیا ہیں ؟ پھر اس کام میں کیا دوش ہوا ؟ دوش نہیں ہوا ۔ !

ماں جی خاموش ہو گئیں مگر پھر فوراً بول اٹھیں ۔ اچھا تو شادی کر لے ۔ سات پھیرے لے لے کسی لڑکی سے ۔ وہ تمھیں باندھ لے گی ۔

"ماں پھیرے لینے سے کیا ہوتا ہے ۔ کیا انسان کسی لڑکی سے بندھ جاتا ہے"

مہندر جی بولے ۔ سات پھیرے لے کر اگر میں لڑکی کو چھوڑ دوں تو اس کی کوئی گارنٹی ہے۔؟ بندھن تو من کا ہوتا ہے۔ جس دن میں کسی لڑکی کے ساتھ بندھ جاؤں گا۔ سات پھیروں کی بھی ضرورت نہ رہے گی۔

اور یہی ہوا۔ انھیں دنوں میں نے درگا بھابھی کو دیکھا۔ کرشن جی کے لڑکے رنجن کا جنم دن تھا درگا بھابی نے لال ساری پہن رکھی تھی۔ دونوں کلائیوں میں دھانی رنگ کی چوڑیاں جھنجھنا رہی تھیں۔ بات بات پر قہقہے لگا رہی تھیں۔ میوزک ڈائرکٹر دتا صاحب کی بیوی نے بتایا۔ یہی مہندر جی کو باندھ کر رکھے گی سرلا۔

قسمت کی ضد یا اس کا پھیر۔ دونوں بھائیوں نے جو فلم بنائی فیل ہوئی۔" سرائے کے باہر" دلّی میں ریلیز ہوئی تو اگلے دن سے فساد شروع ہو گئے۔ دوسری فلم ڈبے سے باہر ہی نہ نکلی۔ اس ناکامیابی کا اثر مہندر جی کی زندگی پر زیادہ پڑا۔ تنگی کے دن شروع ہو گئے۔ لیکن انھوں نے گلہ یا شکوہ نہ کیا۔ آشاوادی ہو کر خط لکھتے رہے۔ سرلا فلمی دُنیا ہے ہی ایسی۔ کبھی نرم کبھی گرم۔

"ماں جی بمبئی لکھتیں۔ " ناتھ ایک لڑکی کا باپ ہے کہتا ہے۔ بہت اچھی نوکری دلواؤں گا۔ بس میری لڑکی کا رشتہ لے لو۔ مہندر جی فوراً جواب دیتے " ماں جی آپ کا بیٹا چند سکوں کے لئے نہیں بکے گا۔ فی الحال میری شادی کی بات چھوڑکر سرلا کی شادی کی فکر کیجئے۔"

میں گھر میں کھُل کر بس مہندر جی سے بات کرتی تھی۔ وہ بھی اپنی باتیں مجھ سے کہتے تھے۔ اپنے عشق کی داستانیں تک سُناتے تھے۔ اپنے عشق کا اقبال میں نے سب سے پہلے مہندر جی ہی سے کیا۔

بمبئی میں میرے لئے وہ شام بڑی اداس اور خاموش تھی۔ میرے سامنے ناریل

اور چیکو کے پیڑ مستی میں سمندر کی ہوا میں جھوم رہے تھے۔ میں کوورلاج کے وسیع برآمدے میں اکیلی کھڑی تھی۔ بے حد فکر مند تھی کیوں کہ دوسرے دن میری کہیں سگائی ہونے والی تھی۔ اچانک میں نے دیکھا مہندر جی آکھڑے ہوئے ہیں۔

"سرلا یہاں اکیلی کیوں کھڑی ہو؟

"یونہی"

"نہیں، ضرور کوئی بات ہے۔ بتاؤ۔

میں نے دل کڑا کر کے مہندر جی سے کہہ دیا " بھائی صاحب جی میں یہاں قطعی شادی نہیں کروں گی۔"

"کیوں نہیں کروگی۔ کوئی وجہ تو ہوگی۔

"میں خاموش ہوگئی۔

"یہاں تک ہمت کی ہے تو آگے بھی بڑھو۔ صاف صاف بتادو۔ لیکن جھوٹ نہیں بولنا۔

میں نے ڈر کر کہا۔ میرا ارادہ ریوتی جی سے شادی کرنے کا ہے۔

"ٹھیک ہے" مہندر جی نے کہا۔

لیکن ماں جی نہیں مانیں گیں۔ کیوں کہ وہ برہمن ہیں۔

"ریوتی جی کے ماں باپ بھی کہاں مانیں گے۔ لیکن ٹھیک ہو جائے گا۔ تم جاکر آرام کرو۔ میں سب سنبھال لوں گا۔

میری ماں جی۔ بابوجی اور کرشن جی کو انھوں نے منالیا مجھے کچھ کہنے کی ضرورت نہ پڑی۔ یہ بات نہ تھی کہ انھیں صرف مجھ سے محبت تھی۔ وہ ہر آدمی کے جذبے کی عزت کرتے تھے۔

مہندر جی کے کچھ آدرش تھے۔ جن کے اُوپر وہ ساری عمر قائم رہے۔ وہ ایسے

آدمی نہ تھے جو کہتے کچھ ہیں کرتے کچھ ہیں۔ ان کا دل بہت بڑا تھا۔ دوسرے کا درد اپنا درد سمجھتے تھے۔ دوسروں کی غریبی کا کبھی مذاق نہ اڑاتے تھے۔ جو بن پڑتا تھا کرتے تھے لیکن اس کا ڈھنڈورا نہ پیٹتے تھے۔ ایک بار میں لگاتار دو ماہ ان کے پاس رہی۔ میں نے دیکھا چائے کے وقت بھی دو چار آدمی ہوتے ہیں۔ کھانے کے وقت بھی اور سب کو اسی محبت سے کھانا کھلایا جاتا ہے۔ اگر چپاتی ختم ہوگئی تو ڈبل روٹی منگائی جاتی ہے۔

کئی بار ہم لوگ کہتے۔ "عجیب لوگ ہیں عین کھانے کے وقت آدھمکتے ہیں۔ اُدھار کھایا ہے کیا آپ نے اس کا! جواب دیتے بھائی یہ فلمی دُنیا ہے بس ایک دلدل ہے۔ دلدل۔ جو پھنستا ہے۔ پھنستا ہی چلا جاتا ہے۔ ویسے یہ لوگ کوئی ایسے ویسے نہیں ہیں۔ پڑھے لکھے اور سمجھدار لوگ ہیں۔ ان کا کوئی قصور نہیں۔ جو کام نہیں بنتا۔ دن بھر کام کی تلاش میں گھومنا پڑتا ہے۔ کھانے دو کیا فرق پڑتا ہے مجھے کیا بلڈنگ کھڑی کرنی ہے۔!

انھیں دنوں کی بات ہے۔ میں صبح اٹھی تو دیکھا کمرے کے باہر ایک آدمی تولیا باندھے کھڑا ہے۔ اور مہندر جی اسے روپے دے رہے ہیں۔ میں نے کہا کون تھا بھائی صاحب، "تھا کوئی مصیبت کا مارا۔ اور مہندر جی خاموش سے اخبار دیکھنے لگے تھوڑی دیر بعد وہ آدمی پینٹ قمیص پہن کر کمرے میں داخل۔ درگا بھابی چائے لے آئیں۔ سب نے ساتھ چائے پی۔ جب وہ آدمی چلا گیا تو میں نے کہا — "یہ کیا۔ ابھی تو یہ آدمی تولیہ باندھے کھڑا تھا۔ مہندر جی نے بتایا۔ ایک افسانہ نگار ہے۔ اس فلمی دُنیا نے کیا گت بنادی ہے۔ بے چارے کے پاس ایک پینٹ اور قمیص رہ گئی ہے لانڈری پر دھونے کو دی کیوں کہ ایک پروڈیوسر نے کہانی سُننے کے لئے بُلایا ہے۔ چونکہ لانڈری والے کو دینے کے لئے پیسے نہیں تھے۔ اس لئے تولیہ باندھے

پھر رہا تھا؛

"آپ نے اسے پیسے دیئے۔

"کون سا قارون کا خزانہ دیا۔ مجھے تو بس یہ فکر ہے کہ بیچارے کا کام بننا چاہیے"۔

انھوں نے اپنے لئے کبھی نہیں سوچا۔

ماں جی اگر کہتیں ۔" ناتھ تمھارے اگر ایک بچہ ہوتا تو کتنا اچھا ہوتا۔" تو وہ فوراً بول پڑتے۔"

بھائی صاحب کے بچے ۔ سرلا کے بچے ۔ اوم کے بچے کیا میرے بچے نہیں ہیں ۔ ؟ ۔ پھر ماں جی جس دور سے ہم گذر رہے ہیں ۔ اس دور میں بچے پیدا کرنا گناہ ہے۔ اپنے ساتھ بھی بچوں کے ساتھ بھی۔"

جب کبھی ان پر کڑکی کے دن آئے ۔ میں کہتی بھائی صاحب آپ اپنے فلاں دوست سے کہئے آج کل لاکھوں کما رہا ہے آپ کو بھی کام دلوا دے ۔"

وہ جواب دیتے ۔" سرلا ۔ اپنے بھائی کے سوا کسی سے نہیں کہوں گا کہ میرے پہ کیا گزر رہی ہے ۔ پھر میرے عزیز دوستوں کو کیا دکھائی نہیں دیتا۔ کہ میرے پاس کوئی کام نہیں ہے ۔ ؟

اس معاملہ میں مہندر جی بہت خود دار تھے ۔ تکلیف سہہ لیتے تھے لیکن اُف نہیں کرتے تھے ۔ لیکن دوسرے کی تکلیف ان سے سہی نہیں جاتی تھی۔ ایک بار مشہور شاعر میراجی سخت بیمار ہو گئے ۔ ڈاکٹر نے کہا میراجی کی جان بچانے کے لئے' خون کی سخت ضرورت ہے ۔

" مہندر جی افسانہ نگار میں پہلے آدمی تھے جنھوں نے اپنا خون دے کر اس وقت میراجی کی جان بچائی' تھی۔

مہمان نوازی ان کا دھرم تھا۔ ایمان تھا۔ کچھ ایسی باتیں انسان کی زندگی میں ہو جاتی ہیں جو بھولے سے بھی نہیں بھولتیں:

کوئی آٹھ نو سال پرانی بات ہے۔ میں دو ماہ سے بیمار تھی مہندر جی نے کئی خط لکھے۔ سرلا تم میرے پاس آجاؤ یہاں آکر تم ضرور ٹھیک ہو جاؤگی۔ متواتر اصرار کر کے انھوں نے مجھے اپنے پاس بلا لیا۔ میرے دونوں بچے بھی میرے ساتھ تھے۔ مجھے وہاں جاکر پتہ چلا کہ مہندر جی کا کام مندہ ہے۔ کوئی نیا فلم لکھنے کا کنٹریکٹ ان کے پاس نہیں کہانیاں اور ناول لکھ لکھ کر وہ گذارہ کر رہے تھے۔ خالی لکھنے سے یہاں کسی کا پیٹ بھرا ہے۔ اس لئے مجھے بے حد شرمندگی کا احساس ہوا۔ میں دل ہی میں اپنے کو کوس رہی تھی کہ میں کیوں آگئی۔ یہ مہندر جی۔ کبھی سہ نہیں سکتے تھے کہ میں ان کے پاس رہ کر اپنا کچھ خرچہ کروں۔

انہیں دنوں ہمارے نزدیک کے ایک رشتہ دار بمبئی گھومنے چلے آئے۔ ٹھہرے تو وہ کہیں اور۔ لیکن ایک دن کوئی بیس آدمیوں کا قافلہ مہندر جی کے گھر آدھمکا۔ ان کی فرمائش ہوئی کہ انھیں کسی فلم کی شوٹنگ دکھائی جائے۔ کیوں کہ انھوں نے شوٹنگ نہیں دیکھی ہے۔

مہندر جی نے بڑے پیار اور محبت سے ان کی فرمائش قبول کر لی۔ پہلے چلے کے ساتھ انھیں مٹھائی سموسے پھل کھلائے پھر انھیں شوٹنگ دیکھنے کے بعد کھانے کی دعوت دے ڈالی۔

مجھے بے حد رُلائی آئی۔ بھائی صاحب کو کیا لٹنے کا شوق چرایا ہے۔ ان رشتہ داروں نے تو انھیں کبھی ایک کپ چائے کا نہیں پوچھا اور یہ ان کی آؤ بھگت کئے جا رہے ہیں۔ لیکن مہندر جی کا کہنا تھا۔ "سرلا یہ کتنی آس لے کر میرے پاس آئے ہیں۔ مجھے اپنا سمجھ کر ہی تو یہ اتنا بے تکلف ہوئے ہیں۔ ورنہ کھاتے پیتے لوگ ہیں۔ کہیں اور بھی جا سکتے تھے۔ بھائی صاحب نے گرینڈ دعوت دی اور دعوت کے درمیان مہندر جی کے مذاق اور درگا بھابھی کے قہقہوں نے دعوت کو بڑا پُرلطف بنا دیا۔ میں نے سوچا مہندر جی نے کیسے اتنی کڑکی کے

دنوں میں روپوں کا انتظام کر لیا۔ صرف چند گھنٹوں میں۔ کیوں کہ ان دنوں کرشن جی انڈیا سے باہر گئے ہوئے تھے۔

لیکن صبح ہوئی تو میں نے دیکھا درگا بھابھی کے ہاتھ کا ایک کنگن کلائی سے غائب تھا میری سمجھ میں سب کچھ آگیا اور ایک دم میرا چہرہ اتر گیا۔ پر مہندر جی اور درگا بھابھی کے چہروں پر کوئی شکن نہ تھی۔ بلکہ پہلے سے زیادہ روشن تھے۔

"ایسی بھی کیا مہمان نوازی۔ کہ بیوی کا زیور تک بک جائے" میں نے مہندر جی سے کہا۔

"مہندر جی اور درگا بھابھی دونوں ایک سُر سے بول اٹھے۔ کنگن تو کبھی بھی بن سکتے ہیں لیکن یہ لوگ جس پیار اور بھروسے کا سہارا لے کر میرے گھر آئے تھے۔ جس گھڑی یہ سہارا ختم ہو جاتا سرلا میں اسی دن پوری طرح لٹ جاتا۔ مر جاتا۔ میں ایسے مرنا نہیں چاہتا۔ ایسا تھا میرا بھائی مہندر۔

ابھی پچھلے سال ۱۹۷۳ء میں انھوں نے بڑے بھائی صاحب پر ایک ڈاکیومنٹری بنائی۔ انھیں کشمیر اور پونچھ میں جا کر شوٹنگ کرنی تھی۔ وہ مجھے ریوتی جی کو میرے چھوٹے بھائی اوم کو خط پر خط لکھتے رہے کہ سب کشمیر چلنے کے لئے تیار ہو۔ وہ ساتھ میں یہ بھی لکھتے کہ تم لوگوں کے انکار کا سوال ہی نہیں اٹھتا۔ دیکھو اکٹھے جائیں گے تو مجھے بہت ہی اچھا لگے گا۔ جس جگہ اپنا بچپن اور جوانی گزاری ہے۔ اسے 37 سال کے بعد پھر دیکھنا نصیب ہو رہا ہے۔ نہ جانے آگے کبھی ایسے اکٹھے جانے کا موقع ملے یا نہ ملے۔

ریوتی جی نے لکھا کہ سرلا تمھارے ساتھ چلی جائے گی میں نہ جا سکوں گا۔ کیوں کہ انہی دنوں ریوتی جی کو بھارتیہ ناٹیہ سنگھ کی طرف سے روس جانا پڑ رہا تھا۔ مہندر جی نے لکھا "یار لگتا ہے تمھیں میرے ساتھ سے روس جانا زیادہ پسند ہے۔ دیکھو روس تو تم پھر بھی جا سکو گے۔ لیکن یہ ہم سب کا اکٹھے پونچھ جانا کبھی نہیں ہو سکے گا۔ یہ کیا ان کی

ہوشیہ وانی تھی۔؟

کوئی 22 آدمیوں کا قافلہ لے کے وہ جموں کشمیر گئے تھے۔ انھیں جو ڈاکیومنٹری سے بچانا تھا وہیں ہم پر خرچ کر آئے اُسی قرضدار ہو گئے خرچ کی بات ہوتی تو کہتے۔ سفرپ تو ہوتا ہی رہتا ہے۔ اور ہوتا ہی رہے گا۔ لیکن ہم سب بھائی بہن پریوار سمیت کبھی کشمیر کی وادی پونچھ کے دریا کے شفاف پانی اور اپنے اسکول کے ماسٹر کو نہ دیکھ پاتے۔ یہ پہاڑ یہ جنگل یہ چیڑ کے سنسناتے پیڑ یہ جھرنے بہت سندر کہانیاں کہتے ہیں۔ سرلا کوئی ان کی آواز کو پہچانے تو پتھر سے ہیرا بن جائے۔

کشمیر میں سب نے کچھ نہ کچھ لیا۔ مہندر جی اپنے لئے کچھ نہیں لیا۔ میں نے کہا بھائی صاحب آپ کم سے کم ایک مفلر ہی لے لیجئے، اور کچھ نہیں لینا تو" وہ بولے " نہیں سرلا۔ میں کچھ نہیں اپنے لئے خرید وں گا ——— کیوں کہ بمبئی میں گرم کپڑے کی ضرورت ہی نہیں۔ بیکار ہیں اپنے لئے خریدنا۔ مجھے پسند نہیں۔"

کرشن جی کے اوپر ڈاکیومنٹری جن دنوں تیار ہو رہی تھی، وہ بے حد خوش تھے۔ یں اور ریوتی جی ان کے مرنے سے ایک ماہ پہلے ان کے ساتھ بمبئی میں بیس روز رہے اکثر کہتے۔ سرلا لگتا ہے دن پھرنے والے ہیں۔ تین چار پکچرز ہاتھ میں ہیں۔ من چلی (پکچر کا نام) بھی خوب چل رہی ہے۔ اور دیکھو دو تین ڈاکیومنٹری بنانے کا آفر آنے والا ہے۔ اب میری صحت بھی ٹھیک ہے۔ نہ زکام ہوتا ہے۔ نہ پیٹ خراب، ایک عجیب سی جو بے چینی تھی اب ختم ہو گئی ہے۔ یہ سب شراب اور سگریٹ چھوڑنے سے ہوا ہے سرلا۔ ڈاکٹر نے کہا ہے کہ تم کو سگریٹ اور شراب نہیں پینا چاہیئے۔ اب میں نے چھ ماہ سے شراب اور سگریٹ بھی چھوڑ دیا۔ ایک دل ہی تو ہے میرے پاس۔ اس کی چنتا مت کرو۔ یں کہتی بھائی صاحب آپ کی کڈنی میں پتھری ہے۔ اس کا علاج ہونا چاہیئے سرلا ویسے یہ دُنیا فانی ہے۔ مرنا بھی کو ہے اب مجھے مرنے سے ڈر نہیں لگتا۔"

"میں کہتی بھائی صاحب آپ ایسی باتیں کیوں کرتے ہیں۔ آپ ... اسال تک جیئیں۔

"نہیں سرلا میں اتنا بڈھا ہو کر مرنا نہیں چاہتا۔ سچ پوچھو تو میں کام کرتے کرتے مرنا چاہتا ہوں۔ کسی کا محتاج ہو کر نہیں۔"

جب ہم واپس دہلی آنے لگے تو کہنے لگے تم اور ریوتی میرے پاس آتے ہو تو مجھے کتنا سکھ ملتا ہے۔ میں کتنا خوش قسمت ہوں کہ تم مجھے اس قدر چاہتے ہو۔ سچ مجھے ایسا احساس ہوتا ہے کہ میں چھپرا بلڈنگ میں نہیں رہ رہا ہوں۔ بلکہ ایک عالیشان مکان میں رہ رہا ہوں۔ ارے اس محل کو بھی کیا کرنا، جہاں کوئی قدم رکھنے سے بھی ڈرے۔

اسٹیشن پر چھوڑنے آئے تو بولے۔ "سرلا ایسے ہی آیا کرو۔ بڑی ہنسی خوشی سے یہ دن بیت گئے۔ اور بھائی صاحب نے مجھے اپنے گلے سے لگا لیا۔ میری آنکھوں میں آنسو آگئے۔ درگا بھابھی کی آنکھیں آنسوؤں سے تر تھیں یہ میری مہندر جی سے آخری ملاقات تھی

پھر ایک ماہ میں ان کے ریوتی جی کے نام۔ میرے نام پانچ خط آئے۔ ریوتی جی کو اپنے اس نمبر کے بارے میں لکھتے۔ مجھے بھائی صاحب کی راضی خوشی اپنی صحبت کے بارے میں اور میرے بچوں کی خبر پوچھتے۔

۱۹ مارچ کو مجھے ان کا آخری خط ملا۔ جس میں لکھا تھا۔ کرشن جی ۲۰ مارچ کو دہلی پہنچ رہے ہیں۔ اور ۲۰ مارچ کو وہ بیمار پڑے اور ۲۰ مارچ کو ہی وہ چل بسے۔

مجھے بیماری کی خبر ملی مرنے کی نہیں۔ لیکن جب بمبئی کے اسٹیشن پر پہنچے تو عجیب سی ویرانی مجھے اسٹیشن پر دیکھنے کو ملی گو آدمیوں کی بھیڑ کا شور ویسے ہی تھا سب کچھ تو ویسا ہی تھا لیکن پھر بھی دن کے اجالے میں اداس اُداس شام گھر آئی تھی۔ میرے قدم اُٹھتے ہی نہیں تھے۔

"کوئی اسٹیشن پر نہیں آیا؟" میں ریوتی جی سے بولی۔

"سب ہسپتال میں ہوں گے۔ مہندر جی کے پاس۔

انھوں نے جھوٹ بولا۔ وہ سچ جانتے تھے کہ مہندر جی ہسپتال کیا۔ دنیا میں نہیں ہیں۔ جس کو چے کو جا رہی ہوں اُجڑ گیا۔

سنجیدہ متین شخصیت

کسی ادیب کو یہ جاننے کے لئے ضروری نہیں کہ آپ اس کے دوست ہوں یا ہم پیالہ اور ہم نوالہ۔ کئی بار یوں ہوتا ہے کہ آپ سالہا سال سے ایک ادیب سے ملتے رہتے ہیں مگر اس کے اندرونی کرب سے ناآشنا رہتے ہیں۔ اسے جاننے اور پہچاننے کے لئے ادیبوں کی کتابوں کا پڑھنا بہت اہم ہے۔ پروفیسر احتشام حسین کا شمار اس زمرے میں ہوتا ہے۔ وہ کم گو، سنجیدہ اور متین قسم کے انسان تھے۔ میں نے انھیں قہقہہ لگاتے ہوئے کبھی نہیں دیکھا۔ ہمیشہ مسکراتے ہوئے دیکھا۔ گپیں ہانکتے ہوئے کبھی نہیں سنا۔ معقول اور سنجیدہ بحث کرتے ہوئے دیکھا۔ دراصل میری ان سے پہلی ملاقات لکھنؤ ریڈیو اسٹیشن پر ہوئی۔ سنہ ۱۹۴۳ء میں۔ یعنی تقسیم ملک سے بہت پہلے۔ اس وقت تک میرے صرف پندرہ بیس افسانے اردو کے رسالوں میں شائع ہو چکے تھے۔ مکتبہ اردو لاہور کے مالک میرے افسانوں کا مجموعہ چھاپنے کے لئے مصر تھے۔ اور میں یہ چاہتا تھا کہ کسی نامور نقاد سے اپنی کتاب کا دیباچہ لکھواؤں۔ احتشام صاحب کو دیکھتے ہی میں نے فیصلہ کر لیا کہ دیباچہ انھیں سے لکھواں گا۔

احتشام صاحب کا قد لمبا تھا رنگ گندمی اور چہرے پر کافی داغ تھے۔ جسم دُبلا نہ تھا۔ آنکھوں میں غور و فکر کی چمک تھی۔ عمر زیادہ نہ تھی۔ مگر جوانی کے ایام میں بھی وہ بوڑھے نظر آتے تھے۔ ماتھے اور گالوں پر جو سلوٹیں تھیں۔ ان سے ظاہر ہوتا تھا کہ احتشام صاحب نے اس

چھوٹی سی عمر میں زیادہ سوچا ہے۔ صرف اپنے لئے نہیں سوچا۔ دوسروں کے لئے بھی سوچتے ہیں۔ سوچنا ایک مشکل کام ہے۔ بہت ہی مشکل کام، خاص کر دوسروں کے لئے اور وہ بھی ان کی بہتری اور بہبودی کے لئے۔

احتشام صاحب نے کہانیاں لکھیں۔ نظمیں اور غزلیں بھی اور ایک دو سفرنامے بھی۔ مگر شہرت ملی تو تنقیدی مضامین کی وجہ سے۔ وہ تنقید کے میدان میں شہ سوار تھے۔ اس میدان میں ایسے نقش پا بنا گئے جو دوسروں کے لئے حرف آخر بن گئے۔

پہلی ملاقات فروری ۔تھی۔

کہنے لگے۔" میں نے آپ کو پڑھا ہے اور خاص کر آپ کا افسانہ" جہاں میں رہتا ہوں" بے حد پسند آیا۔ اس قسم کے افسانے اُردو ادب میں بہت کم لکھے گئے ہیں۔"

"اور اُن کا افسانہ" بغاوت" آپ نے نہیں پڑھا" سبط حسن نے چمک کر کہا۔

"پڑھا ہے۔ خوب ہے وہ افسانہ" احتشام صاحب یہ کہہ کر آگے بڑھ گئے۔

میں اپنی تعریف سن کر خوش ہو گیا اور کون نہیں خوش ہوتا اپنی تعریف سن کر۔ اور تعریف بھی احتشام صاحب کی زبان سے۔

میں نے احتشام صاحب کے تنقیدی مضامین پڑھے تھے۔ مجھے ان کا انداز بیان اور خاص کر ان کا مارکسی نقطہ نظر اور اعتدال پسند کا رجحان بے حد پسند تھا۔ وہ کسی ادیب کو نہ آسمان پر بٹھاتے تھے اور نہ ہی زمین پر لا کر پٹخ دیتے تھے۔ میں نے اپنی کتاب کے بارے میں ان سے گفتگو کی۔ انھوں نے دیباچہ لکھنا منظور کر لیا۔ میں نے سوچا۔ بغیر پڑھے لکھ دیں گے۔ جیسا کہ اکثر مشہور و معروف نقاد کرتے ہیں مگر جب انھوں نے مجھ سے میرا مسودہ لے کر اور ایک مہینہ اپنے پاس رکھ کر۔ دیباچے کے ساتھ واپس کیا۔ اور میں نے دیباچہ پڑھا تو مجھے محسوس ہوا کہ احتشام صاحب نے واقعی میرے افسانوں کے مجموعے کو پڑھا ہے اور پڑھنے کے بعد میری خوبیوں اور خامیوں کی نشان دہی

کی ۔ ہر ادیب بذاتِ خود ایک نقاد نہیں ہوتا ہے ۔ میں اپنے افسانوں میں کردار نگاری کو زیادہ اہمیت دیتا ہوں اور احتشام صاحب نے اسی خاصیت کو سراہا تھا۔

دراصل میری احتشام صاحب سے زیادہ ملاقاتیں نہ ہوئیں ۔ اگر زیادہ ملاقاتیں ہو جاتیں جب بھی بات آگے نہ بڑھتی ، کیوں کہ میں بھی کم گو آدمی ہوں اور احتشام صاحب بھی اور جب دو آدمی کم گو آپس میں مل جائیں تو اظہار گفتگو کا راستہ سوائے خاموشی کے اور کیا ہو سکتا ہے ہاں کبھی کسی کانفرنس میں یا کسی اور میٹنگ میں ملاقات ہو جاتی تو مندرجہ ذیل جملوں کو دہرایا جاتا ۔

"آداب عرض ! احتشام صاحب !"

"آداب ۔ آپ کیسے ہیں ؟" احتشام صاحب پوچھتے ۔

"بس ٹھیک ہوں جی ۔"

"کرشن جی کیسے ہیں ؟"

"وہ بھی ٹھیک ہیں ۔"

ان جملوں سے آگے کبھی گفتگو نہ بڑھی ۔ میں نے ان مختصر سی ملاقاتوں میں ایک چیز کو شدت سے محسوس کیا کہ احتشام صاحب صرف کم گو انسان ہی نہیں ۔ وہ صرف سنجیدہ ہی نہیں رہتے بلکہ اداس بھی رہتے ہیں ۔ یہ اداسی کوئی ذاتی اداسی نہ تھی ۔ کسی (FRUSTRETIAN) کا نتیجہ نہ تھی بلکہ اس اداسی کی وجہ بڑی گہری تھی ۔ جو لوگ ضرورت سے زیادہ ذہین ، دیانت دار اور مخلص ہوتے ہیں اور جب وہ اپنے اِردگرد ایک ایسے دل کو دیکھتے ہیں جو بے حد گھٹیا ، گندا اور قابلِ نفرت ہوتا ہے تو ان کے دل میں ان حالات کو بدلنے کی تمنا ہوتی ہے اور جب یہ نظامِ زندگی ان سے بدلا نہیں جاتا تو یہ ذہنی کرب ایک مستقل اداسی کی صورت اختیار کر لیتا ہے ۔

اور شاید یہی کچھ احتشام صاحب کے ساتھ ہوا ۔ اگر آپ نے احتشام صاحب کے تنقیدی مضامین کا مطالعہ کیا ہے تو آپ کو معلوم ہوگا کہ وہ اعلیٰ پایہ کے مارکسی نقاد تھے بلکہ میں یہ کہہ سکتا ہوں کہ مارکسی تنقید کا آغاز انھوں نے کیا اردو ادب میں ۔ وہ مارکسی قدروں کے علمبردار تھے۔

انھوں نے ترقی پسند ادب کو اسی کسوٹی پر پرکھا۔ اور ترقی پسند ادب اور ترقی پسند ادیبوں کو سراہا۔ جی ہاں وہ ایک Committed نقاد تھے۔ وہ پکے مارکسی تھے۔ انھوں نے ادب کا رشتہ عوام سے جوڑا۔ اور صاف اور سیدھے لفظوں میں بتایا کہ ادب بعض انسانوں کی تفریح کے لئے نہیں لکھا جاتا۔ بلکہ عظیم ترقی پسند ادب ملک کے حالات کو بدلتا ہے۔ اس قسم کا ادب بین الاقوامی رشتوں کو استوار کرتا ہے۔ ذات پات مذہب رنگ اور نسل سے اُوپر اُٹھ کر سارے کرۂ ارض کے افسانوں کے لئے ایک درسِ حیات دیتا ہے جس سے عوام کی اقتصادی بدحالی، آپس کی منافرت اور دیگر مسائل پر روشنی ڈالتے ہوئے عوام کے اندر ایک جذبہ پیدا کرے جس سے ان کے اندر لڑنے کی قوت پیدا ہو، تاکہ وہ ایسے نظام کی داغ بیل ڈال سکیں جس سے صرف ایک انسان کا بھلا نہ ہو بلکہ تمام انسانوں کی بہتری ہو۔ احتشام صاحب نے اردو شاعری اور افسانوں پر تنقید کرتے ہوئے نہی قدروں کو اجاگر کیا اور اسی قسم کے ادب کو سراہا۔ احتشام صاحب ادیب ہی تو تھے۔ انقلابی قدروں کا پرچم بلند تھے۔ انقلاب نہیں آیا تو ادیب کیا کرے۔ جب اندرونی درد پر ضبط لگائے رہتے ہیں تو چہرے پر ایک اداسی آہی جاتی ہے اور اس اداسی سے شکست کا اعتراف نہیں تھا۔ بلکہ علم و فن سے بہرہ ور ہوتے ہوئے یہ اداسی اس کیفیت کی غماز ہے۔ جب ادیب اس منزل پر پہنچ جاتا ہے اور اسے اس بات کا احساس ہونے لگتا ہے کہ انسان نے چاند پر کمندیں پھینک دی ہیں۔ ایٹمی طاقتوں کو اپنے بس میں کر لیا ہے، جس کی وجہ سے اگر وہ چاہے تو ساری دنیا کے لوگوں کو خوش حال بنا سکتا ہے مگر ابھی تک انسان کی بنیادی فطرت نہیں بدلی۔ وہ خود غرضی، کینہ پروری صرف اپنی قوم کی بہتری، رنگ اور نسل کے جھگڑے، گورے اور کالے کا فرق اور اسی قسم کی بے شمار لعنتوں سے پیچھا نہیں چھڑا سکا۔ اسی لئے سب کچھ ہوتے ہوئے بھی انسان ابھی تک بامِ عروج تک نہیں پہنچ سکا، جہاں اسے پہنچنا چاہئے۔ وہ ایک ایسا نظام زندگی اس کرۂ ارض پر منطبق نہ کر سکا جس سے یہ دنیا رشکِ جنت بن سکے۔ دُنیا کو رشکِ جنت بنانے کی تمنا۔ ایک حساس ادیب کے دل میں ایک خنجر کی طرح پیوست رہتی ہے اور احتشام صاحب

کے دل میں اسی قسم کا ایک خنجر پیوست تھا۔ جس کی وجہ سے ان کے چہرے پر ہمیشہ ایک خوشگوار اداسی ٹپکتی رہتی۔

بمبئی کی ہنگامہ خیز زندگی میں کبھی کبھی ادبی محفلوں کو آراستہ کیا جاتا ہے۔ ایسی ایک ادبی محفل میں جہاں پروفیسر احتشام حسین کو مدعو کیا گیا، تاکہ وہ مشہور نقاد اور شاعر حالی کے بارے میں لکچر دیں۔ مجھے بھی اسی قسم کی ایک مجلس میں بحیثیت صدر بلوایا گیا۔ یہیں پر احتشام صاحب سے میری ملاقات ہوئی اور وہی جملے دہرائے گئے۔ آداب عرض۔ آپ کیسے ہیں۔ میں ٹھیک ہوں اور کرشن جی بھی، احتشام صاحب مسکرا دیئے اور کہنے لگے۔ آپ نے میرا جملہ دہرا دیا۔

میں نے اسی مجلس میں احتشام صاحب کے بارے میں ایک چھوٹی سی تقریر کی۔ جس میں ان کے خلوص، پیار، ادبی لگاؤ، اور مارکسی نقطۂ نظر کے بارے میں روشنی ڈالی۔ اس تقریر کے بعد احتشام صاحب نے حالی کے بارے اپنی تقریر کا آغاز کیا۔ اس دن پہلی بار مجھے معلوم ہوا کہ احتشام صاحب گفتار کے غازی ہیں۔ تقریر اتنی صاف ستھری، سنجیدہ تشبیہوں اور استعاروں سے آراستہ، علم وفن کے موتی بکھیرتے ہوئے، حالی کی ادبی شخصیت پر روشنی ڈالتے ہوئے، ان کے تنقیدی سرمائے اور شعری حسن پر نظر رکھتے ہوئے اور خاص کر اس وقت کی دقتوں اور مشکلات کو مدِ نظر رکھ کر حالی نے کس طرح اردو ادب کو ایک نیا نقطہ عطا کیا یہ حالی کی بہت بڑی دین تھی۔ تقریر تھی کہ لفظوں کا ایک جم غفیر، خوب صورت، سلیس، بامعنی، باوقار، پُرشکوہ اور دل میں اترنے والے لفظوں کی یلغار تھی۔ تقریر میں ایک سحر تھا۔ آواز میں بے پناہ جادو۔ جس کا تعلق سننے سے تھا اسے بیان نہیں کیا جا سکتا۔ اس تقریر کے بعد سارا ہال تالیوں سے گونج اٹھا۔ احتشام صاحب ایک ثمر بار ٹہنی کی طرح جھک گئے۔ ان کی نگاہوں میں نہ رعونت تھی نہ نخوت بلکہ اس اعزاز سے وہ جھکے جا رہے تھے۔ ان کی آنکھوں میں غرور نہ تھا بلکہ احسان مندی کی ایک نمی سی تھی۔

بحیثیت مارکسی نقاد کے سبھی ان سے مرعوب تھے۔ اس دوران میں ترقی پسند ادب اور ترقی پسند تحریک پر کئی وار کئے گئے۔ کئی ادبی زلزلے بھی آئے۔ کئی ادبی جمود نے سر نکالا۔ اور جب ادبی جمود ٹوٹا تو جدیدیت نے سر ابھارا۔ کئی نقادوں نے وقتی شہرت کی خاطر جدید ادب کو سر پر بٹھایا لیکن احتشام صاحب ٹس سے مس نہ ہوئے۔ یہ کیسا غوغائے عظیم تھا۔ تنہائی، ذاتی غم، اپنی ذات کے بارے میں ہمیشہ آنسو بہانا، خودکشی اور گھٹیا قسم کی جنسی کہانیاں لکھنا اس قسم کے موضوعات اب عام سے ہو گئے۔ افسانے اور شعری ادب دن بدن مہمل ہوتا جا رہا تھا۔ زیادہ تر ادیب مغربی ادب کے اسیر ہو کر رہ گئے۔ نئی پود نے بے راہ روی اختیار کر لی۔ پرانی روایتوں کے پرخچے اڑا دیئے۔ جس دائرے میں اردو شاعری پروان چڑھ رہی تھی اور جس کی وجہ سے میر، غالب، اقبال اور فراق جیسے عظیم الشان شاعروں نے اپنی تخلیقات سے اردو کے شعری ادب کو مالا مال کیا۔ اس ادب کے خلاف نئے ادیب برسرِ پیکار تھے احتشام صاحب نے اس افراتفری، اس بے راہ روی کے خلاف آواز بلند کی اور کھل کر کہا۔

ادب بے ادبی کا نام نہیں۔ ادب صرف ذاتی غم، تنہائی، ذاتی اداسی کا نام نہیں ادب جنسی بے راہ روی کا نام نہیں۔ ادب صرف روایتوں کو توڑنے کا نام نہیں۔ ادب ابہام کا نام نہیں۔ ادب مہمل نہیں ہوتا۔ ادب تہذیب و تمدن سکھاتا ہے۔ ادب ایک بہتر زندگی کی نشان دہی کرتا ہے۔ ادب ذہنی کرائسس میں ایک توازن پیدا کرتا ہے۔ ادب روشنی اور علم سے لوگوں کو مالا مال کرتا ہے۔ ادب تفریق کو مٹاتا ہے۔ محبت کرنی سکھاتا ہے۔ نفرت مٹاتا ہے۔ ادب ذریعۂ نشاط ہے انسان کے لئے۔ ادب احساسِ حسن اور ذوقِ جمال کی تربیت کرتا ہے۔ ادب انقلاب لاتا ہے۔ ادب افراتفری کا سرچشمہ نہیں۔ ادب ہیجان نہیں۔ ادب تخریبی عناصر کو بڑھاوا نہیں دیتا بلکہ تعمیر کی جانب بڑھتا ہے۔ احتشام صاحب نے اپنے تنقیدی مضامین میں انہی قدروں کی نشان دہی کی ہے۔

احتشام صاحب کتابوں کے عاشق تھے۔ لکھنا اور مطالعہ کرنا۔ بلکہ لکھنا کم اور مطالعہ زیادہ کرنا ان کی زندگی کا اوڑھنا بچھونا تھا ان کے تنقیدی مضامین۔ اردو تنقید میں ایک سنگِ میل کی حیثیت رکھتے ہیں۔ انھوں نے انہی قدروں کا پرچم بلند کیا۔ جن کی قیادت آج کل شری متی اندرا گاندھی کر رہی ہیں۔ آج پھر سے ترقی پسند ادب اور ترقی پسند سیاست آپس میں گلے مل رہے ہیں۔ آج سے چالیس برس پہلے جس سماج کی داغ بیل، ترقی پسند ادیبوں نے ڈالی تھی اور ایک نئے سماج کو جنم دینے کے لئے انھوں نے افسانے، غزلیں، نظمیں اور تنقیدی مضامین لکھے تھے اور آج تک لکھتے رہے ہیں۔ ان میں احتشام صاحب کی آواز سب سے زیادہ سنجیدہ، بھرپور، مارکسی نقطۂ نظر سے لیس ہو کر ابھری اور تنقیدی ادب پر اپنی ہمہ شبب کرگئی جو ہمیشہ امر رہے گی۔

ہمیں افسوس اس بات کا ہے کہ جس شخص نے فنِ تنقید کو ایک نئی زندگی بخشی، مارکسی فلاسفی سے آگاہ کیا اور مارکسی تنقید کو کہکشاں کی بلندی اور شدت دی اور ایک ایسی مضطرب روح عطا کی جو عوام کی بہتری کے لئے ہمیشہ تڑپتی رہے گی۔ انھیں نہ پدم شری سے نوازا گیا اور نہ انھیں (INDO - SOVEIT) ایوارڈ دیا گیا۔ جس کے وہ یقیناً مستحق تھے۔ کاش وہ دانشور اور سیاست داں جو اس قسم کی کمیٹیوں کو سنبھالے ہوئے ہیں وہ ایک لمحہ کے لئے سوچیں کہ انھوں نے کیوں اتنی بڑی غلطی کی۔ اب بھی وقت ہے کہ احتشام صاحب کی یاد میں کوئی ایسا کام کیا جائے جس سے آنے والی نسلیں ان کی ادبی تخلیقات سے مستفید ہوتی رہیں۔

جہاں میں رہتا ہوں

میں دن رات یہی سوچتا رہتا ہوں کہ تمھیں کیا لکھوں، وہ کون سا مضمون ہے، جس پر ادیبوں نے خامہ فرسائی نہیں کی۔ تم نے لکھا ہے کہ تم عورت کی محبت کے متعلق کیوں نہیں لکھتے۔ یہ قصہ بہت پرانا ہو چکا، اور میں نے عورت کے محبت کے متعلق اتنا لکھا ہے کہ میرا جی ان باتوں سے اکتا گیا ہے، اب جی چاہتا ہے کہ میں اپنے متعلق لکھوں، کچھ اپنی اداسی، اپنے غم، اپنے دکھ کی نسبت، شاید تم اس اداسی، اس غم، اس افسردگی میں اہلِ دل کی اداس روح کی ایک جھلک دیکھ سکو۔!

یہ تو تمھیں معلوم ہی ہوگا کہ میں کتنی دور سے چل کر یہاں آیا ہوں۔ کشمیر کی حسین وادیوں کا چکر کاٹ کر، پنجاب کے حسن سے متاثر ہو کر، دہلی اور لکھنؤ کا طواف کر کے، اور پونا کے ملیریا بخار سے سیراب ہو کر بمبئی پہنچ گیا ہوں۔ آخر اتنا لمبا سفر کیوں ——؟ کیا اتنی پھیلی ہوئی دُنیا میں میرے لیے کوئی مقام نہ تھا کہ میں ہندوستان کے ایک کونے سے چل کر دوسرے کونے تک پہنچ گیا ہوں۔ پھر بھی مجھے سکون نہیں ملتا، راحت نصیب نہیں ہوتی، خوشی محسوس نہیں ہوتی۔

لوگوں نے بمبئی کی عمارتوں کی تعریف کی ہے۔ بمبئی کی ٹراموں، اور بسوں، اور ریلوں کو سراہا ہے۔ لیکن میں ان فلک بوس عمارتوں سے کبھی مرعوب نہیں ہوا۔ مجھے ان ٹراموں اور بسوں میں بیٹھ کر کبھی خوشی محسوس نہیں ہوئی، ہاں جب کبھی سمندر کے کنارے جاتا ہوں، تو دل کو سکون سا مل جاتا ہے، یہ پھیلا

ہوا وسیع سمندر، اور اس پر کالے کالے جھکے ہوئے بادل، جیسے کسی دوشیزہ کے سیاہ بال — اور دور، بہت دور۔ ایک کشتی لہروں پر ہچکولے کھاتی ہوئی ایک نامعلوم منزل کی طرف، رواں، اور پھر سمندر کے کنارے ناریل کے درختوں کے جھنڈ کے جھنڈ ناریل کے درخت خوب لمبے ہوتے ہیں' سرو اور یوکلپٹس کے درختوں سے بھی اونچے اور لمبے۔ جب ہوا زور سے چلتی ہے تو یہ درخت ہوا میں جھومتے اور لہراتے اور آپس میں ایک عجیب انداز سے سرگوشیاں کرتے ہیں اور رات کے وقت جب ہوا ان درختوں میں سے گزرتی ہے تو ایک عجیب سی سرسراہٹ پیدا ہوتی ہے۔ ان کے لانبے لانبے پتے ہوا میں لہراتے ہیں۔ کسی جوان لڑکی کے آوارہ بالوں کی طرح —— چاند کسی شرمائی ہوئی دلہن کی طرح ان لانبے درختوں کی اوٹ میں چھپا رہتا ہے، لیکن چاند کی رمیں کرنیں سمندر کی لہروں سے ہم آغوش ہوتی ہیں۔ ان کو چومتی ہیں۔ ان سے کھیلتی ہیں، لہریں بڑھتی ہیں اور ساحل سے ٹکرا کر پیچھے ہٹ جاتی ہیں۔ شور بڑھتا ہے اور پھر مدھم ہو جاتا ہے۔ ریت کے ذرے ان چمکتی ہوئی کرنوں میں چمک اٹھتے ہیں اور سمندر کی تازہ تازہ، پاک اور صاف ہوا، ناریل کے درختوں میں سے گزرتی ہوئی ایک اداس نغمہ پیدا کرتی ہے۔

بمبئی میں مجھے تین چیزیں پسند آئی ہیں، سمندر، ناریل کے درخت اور بمبئی کی ایکٹرس اصل میں ان تین چیزوں سے بمبئی زندہ ہے، اگر ان تین چیزوں کو بمبئی سے نکال دیا جائے تو بمبئی بمبئی نہ رہے، شاید دہلی بن جائے یا لاہور، دہلی ایک معمولی، بے کیف سا شہر۔ میں یہاں کیوں آیا؟ اس کی وجہ تم جانتے ہی ہو، وہی پرانی، روزگار کی تلاش، پیٹ کا مسئلہ بہت پرانا ہے۔ مگر انسانوں نے ابھی تک اس مسئلے کا کوئی حل پیش نہیں کیا۔ اگر اس مسئلے کا کوئی خاطر خواہ حل ہوتا تو بنگال میں اتنی موتیں نہ ہوتیں، یہ ہولناک جنگ برپا نہ ہوتی، یہ بھوک، یہ غریبی، یہ پیاس نہ ہوتی، اس وقت میری جیب میں صرف چار آنے ہیں، اور باہر ناریل کے پتوں پر سورج کی کرنیں رقص کر رہی ہیں، اور دور گرجے کی صلیب پر ایک کوا کائیں کر رہا ہے۔ اور میری بھوک ہر لمحہ بڑھتی جا رہی ہے۔ لیکن مجھے روزی کی اتنی فکر نہیں، آخر پیٹ بھرنے کو کچھ نہ کچھ ضرور مل جاتا ہے، نہیں نہ کہیں تم کو ایسا

دوست مل جاتا ہے اور پھر ہم دونوں کسی ریستوران میں چلے جاتے ہیں، اور کھانا کھاتے ہیں۔ میں کبھی کبھی اپنے دوستوں سے روپے ادھار لے لیتا ہوں، مگر یہ روپے کبھی واپس نہیں کرتا۔ کہہ دو یہ کمینہ پن ہے۔ مجھے اس کی پرواہ نہیں، بھوک ہی کمینہ پن سکھاتی ہے، سرمایہ دار مزدور کی روزی چھین کر عالی شان محل تیار کرتا ہے، فیکٹریاں بناتا ہے اور بال بچوں کو تعلیم دلانے کے لیے یورپ بھیجتا ہے۔ تو کیا یہ کمینہ پن نہیں؟ جابر کمزور کو مغلوب کر کے ایک عالی شان سلطنت کی بنیاد رکھتا ہے، کیا یہ کمینہ پن نہیں؟ حاکم محکوم کو کچل کر، پیس کر، حکومت کرتا ہے، کیا یہ ذلالت نہیں؟ اور اگر میں اپنے مالدار دوستوں سے چند ٹکے لے لیتا ہوں تاکہ اپنی [illegible] یں کو بھلا سکوں، تو کیا میں کمینہ ہو گیا؟ چھوڑو میاں۔ تمہارے سماج کی عجیب قدریں ہیں، اور میں ہر گام، ہر قدم پر اور ہر منٹ اور ہر سکنڈ ان کھوکھلی قدروں کو توڑنا چاہتا ہوں، ان قدروں کا مضحکہ اڑانا چاہتا ہوں۔ چاہے تم مجھے کمینہ کہو یا گنوار۔

پہلے میں شیواجی پارک میں رہتا تھا، یہ جگہ ایکٹر اور ایکٹرسوں کی پسندیدہ ترین جگہ ہے، شیواجی پارک کے چوک میں کھڑے ہو کر تم تمام ایکٹروں اور ایکٹرسوں کو دیکھ سکتے ہو۔ سڑک کی ہر نکڑ پر، کسی نہ کسی موڑ پر، حلوائی کی دکان پر یا ایرانی کے ریستوران میں۔ تم ایکٹروں کو دیکھ سکو گے۔ یہ لوگ ایسے ہی عامیانہ انداز سے رہتے ہیں جیسے تم یا میں۔ یہاں آ کر ایکٹر اور ایکٹرسوں کو دیکھنے کو جی نہیں چاہتا، کیوں کہ ہر روز تم انہیں دیکھ سکتے ہو، اور جو چیز ہر روز دیکھی جائے۔ اس کی دلکشی جاتی رہتی ہے۔

تم نے یونہی پرتیما کی تصویر مانگی ہے۔ ارے بھئی، چھوڑو ان ایکٹرسوں کو، کیوں دردِ سر مول لیتے ہو۔ بے چاری پرتیما اب کافی موٹی ہو گئی ہے، کسی اور ایکٹرس کا نام لو۔ کوئی ہو بھی تو ـــــ شاید جناب تمھیں پسند آئے۔ میری نگاہوں میں یہی ایک ایکٹرس ہے جسے ایکٹرس کا پارٹ دیا جا سکتا ہے، باقی تو پھول کر کُپا ہو گئی ہیں، ہندوستان میں ایکٹر اور ایکٹرسوں کو اپنے جسم کا بالکل خیال نہیں رہتا۔ ایک بار ہیروئن کا رول مل گیا تو بس لگیں موٹی ہونے، نہ کمر رہی، نہ سینہ، نہ آنکھوں میں شوخی نہ بالوں میں چمک۔ گالوں پر گوشت چڑھنے لگا، یہاں تک کہ چہرے کے خطوط غائب ہو گئے۔ کولھے اتنے پھیلے کہ ٹانگیں ندارد، سینہ اتنا بڑھا کہ پیٹ بن کر رہ گیا۔ اب بتاؤ، کیا کرو گے ان کا فوٹو لے کر۔ کل ہی میں نے میٹرو

کے سامنے ایک قسم کا اشتہار دیکھا، اشتہار پر مغربی ناچنے والی لڑکیوں کی ٹانگیں دکھائی گئی تھیں، صرف ٹانگیں۔ اُف کیا ٹانگیں تھیں، کتنی سڈول اور گداز۔ گداز اور سڈول، جیسے سانچے میں ڈھلی ہوں کتنی خوبصورت، دل کشی، توانا اور صحت مند۔ کتنی پُرفریب، جیسے نگاہوں میں جذب ہو رہی ہیں تمام ہندوستان چھان لو، اتنی خوب صورت، متناسب، موزوں ٹانگیں نہیں ملیں گی۔ میاں ان لوگوں سے پوچھو کہ خوب صورت ٹانگیں کس طرح تیار ہوتی ہیں، سڈول بازو، بھری ہوئی چھاتیاں، صحت مند جسم کس طرح بنتا ہے، اور پھر یہ قوس، جو عورت کی خوب صورتی کی روح ہوتی ہے کہاں سے آتی ہے۔ کس طرح بنتی ہے۔ شرمانے کی کوئی بات نہیں، تم کہو گے، ہندوستان مفلس ہے، غریب ہے، لیکن یہ ایکٹرسیں تو غریب نہیں، یہ تو ہزاروں روپے ماہوار کماتی ہیں، لیکن خوب صورتی کا احساس کس کو ہے، یہاں تو عورت کو گٹھری بننے پر مجبور کیا جاتا ہے، اور اگر عورت گٹھری بن گئی تو سمجھو حسن کا مجسمہ تیار ہو گیا یہاں تو خوب صورت جسم پر غلاف چڑھائے جاتے ہیں، مبادا ان ٹانگوں میں زندگی آجائے اور یہ ٹیڑھی سیدھی ٹانگیں چلنے پھرنے لگیں۔ مرنے اور جینے کے انداز ان مغربی لوگوں سے سیکھو میاں، ابھی ہم بہت پیچھے ہیں۔ بہت پیچھے۔

ارے کر رہا تھا بات پریتما کی کہ ذکر آگیا براڈوے گرلز کی ٹانگوں کا اگر اتنے ہی بے بس اور مجبور رہتے ہو تو چند دنوں کے لئے بمبئی آجاؤ، تمہارا ہندوستان کی تمام مشہور ایکٹروں اور ایکٹرسوں سے تعارف کرا دوں گا۔ یہ لوگ شہرت کے اسی قدر بھوکے ہیں جتنے تم انھیں دیکھنے کے لئے ترستے ہو، آخر یہ لوگ بھی انسان ہیں۔ میں یوں ہی ایکٹرسوں کے جھمیلے میں پڑ گیا۔ کر رہا تھا ذکر اپنا، درمیان میں بے چاری ایکٹرس آگئی۔ تم نے میرے مکان کا پتہ پوچھا ہے، اب تمہیں کیا بتاؤں میں کہاں رہتا ہوں۔ پہلے میں شیواجی پارک میں رہتا تھا۔ وہاں سے کیوں چلا آیا۔ لو اس کی وجہ بھی سنو۔ میں ایک دوست کے پاس قیام پذیر تھا۔ آج کل کسی کو یوں ہی دوست بنانا اتنا ہی آسان ہے، جتنا کہ دشمن۔ میرا دوست جس کا نام تم R رکھ سکتے ہو، ایک نہایت ہی پہلوان قسم کا انسان ہے، جسم دیکھو، تو جی پھڑک اُٹھے، ورزش کا بہت شوقین۔ وہ دن رات ورزش کرتا تھا، ہر وقت جسم کو مضبوط اور توانا بنانے کے خواب دیکھتا تھا۔ دراصل اس کا سپنا اب حقیقت بن چکا تھا۔ بچارے میں صرف ایک خامی تھی، یہ کہ وہ عورت

کو دیکھ کر گھبرا جاتا تھا، اسی لئے وہ عورتوں کی طرف بالکل نہیں دیکھتا تھا۔ میرا مطلب ہے جوان عورتوں کی طرف۔ اگر میں کبھی کسی عورت کی طرف نگاہ کرتا تو وہ اس بات کو بُرا سمجھتا۔ کبھی کبھی میں خیال کرتا ہوں کہ میرے دوست کا نقطۂ نظر درست ہے۔ آخر یونہی اپنے دل و دماغ کو پراگندہ کرنے سے کیا فائدہ۔ ہر وقت عورت کے متعلق سوچنے سے کیا حاصل ہو سکتا ہے۔ بہتر یہی ہے کہ ورزش کی جائے، ڈنڑ پیلے جائیں، من من دو دو من کے پتھر ہر روز اُٹھائے جائیں اور جب انسان پتھر اُٹھا اُٹھا کر تھک جائے تو سمندر کے کنارے سیر کرنے چلا جائے اور سمندر کی اَن گنت لہروں کو گنتا رہے۔ ہر طرف لہریں ہی لہریں یا پانی ہی پانی —— دور، نظروں سے دور جہاں سمندر اور آسمان آپس میں بغل گیر ہوتے ہیں۔ سورج اپنی کرنوں کو سمیٹ کر سمندر کو چومتا ہے اور پھر گہرے نیلے پانی میں ڈوب جاتا ہے۔ ہر طرف سُرخی ہی سُرخی پھیل جاتی ہے، آسمان پر بھاگتے ہوئے بادل شفق کی سُرخی سے چمک اُٹھتے ہیں، اور ٹھنڈی، تازہ، زندہ ہوا بادلوں کو چومتی ہوئی آگے بڑھ جاتی ہے، ناریل کے درخت پیار بھری نظروں سے جھانکتے ہیں، اور ان کی سوندھی سوندھی خوشبو ہوا میں تحلیل ہوتی جاتی ہے۔ اس نظارے کو چھوڑ کر کسی عورت کے پیچھے بھاگنا حماقت ہے، سراسر حماقت ہے۔

اگر تم میرے دوست کو دیکھو تو یہی کہو گے، یہ کتنا متناسب، حسین تراشا ہوا یونانی بت ہے، اس کی آنکھوں میں سرسبز گھاس کی نیلاہٹ ہے، اور اس کے رُخسار پکے ہوئے سیب کی طرح سُرخ۔ اگر تم اس کے قریب بیٹھو، تو ایک عجیب صحت مند خوشبو اس کے جسم سے نکلتی ہے، جو صرف خالص گھی کھانے سے، دودھ پینے سے یا سُرخ ٹماٹروں کے استعمال سے یا عورت کی طرف نہ دیکھنے سے پیدا ہوتی ہے، عورتیں اکثر میرے دوست کی طرف دیکھتی ہیں، نگاہوں میں آرزو ہوتی ہے، جسم کو چھونے کی خواہش ہوتی ہے، بس یہ دیکھنے کے لئے کہ اس بُت میں کیا ہے، اس کے بازو اس قدر سڈول کیوں ہیں۔ اس کی چال میں کیوں ایک زندگی ہے۔ اس کی نگاہوں میں کیوں ایک چمک ہے لیکن میرا دوست عورتوں کی طرف نہیں دیکھتا۔ اکثر میں اسے لیکچر دیا کرتا ہوں کہ بھئی عورت سے گھبرانے کی ضرورت نہیں۔ آخر عورت بنی کس لئے ہے، عورت سے اس قدر دور رہنے سے کیا فائدہ۔ آخر زندگی میں ہر

شخص کا نصب العین ایک خوبصورت جسم بنانا تو نہیں ہے۔ میری طرف دیکھو، میں چاہتا ہوں کہ میری صحت اچھی رہے اور میں تندرست رہنے کے لیے تھوڑی بہت ورزش بھی کر لیتا ہوں۔ لیکن میں پہلوان بننا نہیں چاہتا۔ میں زندگی میں ورزش کے علاوہ کچھ اور بھی کرنا چاہتا ہوں۔ مثلاً میں اس لڑکی کو، جو اکثر بالکونی کے دروازے میں کھڑی رہتی ہے، نہایت قریب سے دیکھنا چاہتا ہوں، تم نے نہیں دیکھا اسے، دیکھا ہوگا، اور ضرور دیکھا ہوگا۔ میں نے تمہیں اکثر دیکھا ہے کہ تم چاند کی سیمیں روشنی سے متاثر ہو کر باغ میں چلے جاتے ہو اور ہری ہری گھاس پر ایک سفید چادر بچھا کر لیٹ جاتے ہو، اور اپنے جسم کو چاند کی ٹھنڈی کرنوں کے حوالے کر دیتے ہو، اور دیر تک ان سیمیں برفیلی کرنوں میں نہاتے رہتے ہو۔ بھلا یہ کیوں۔ تم نے اس لڑکی کی طرف نہیں دیکھا۔ وہ بھی تو چاند ہی کا ٹکڑا ہے۔ اس کے جسم سے بھی کرنیں پھوٹتی ہیں۔ مگر یہ کرنیں عجیب سی ہوتی ہیں، میٹھی، ہلکی، نرم، گداز ـــ نیند آجاتی ہے ان کرنوں سے مجھے بھی نہانے دو ان کرنوں میں۔ تم نے کبھی چاند کو چھونے کی تمنا کی ہے! ضرور کی ہوگی۔ چاند اس کائنات میں مسرت کا سرچشمہ ہے، میں بھی اپنے کرنوں کے منبع کو چھونا چاہتا ہوں، میں اس لڑکی کو نہایت قریب سے دیکھنا چاہتا ہوں، میں اس کو خوف زدہ کرنا نہیں چاہتا، میں صرف یہ چاہتا ہوں کہ اسے میری موجودگی کا علم ہو جائے کہ وہ انسان جو ہر روز اس کی بالکونی کے نیچے سے گزرتا ہے، اسے کتنا پسند کرتا ہے۔ یہ کوئی بری بات نہیں ہے بلکہ ایک نہایت پاک اور مقدس خواہش ہے۔ آخر اس لمبے بالوں والی لڑکی سے تمہیں کیوں نفرت ہے۔ کیا ہوا اگر اس نے تمہاری طرف تعریفی نگاہوں سے دیکھا، کیا ہوا اگر وہ ایک دن تمہارے کمرے میں اچانک آگئی اور اس نے اپنے آپ کو تمہارے حوالے کرنا چاہا، لیکن تم نے اس کی بے عزتی کی، اور اسے گھر سے باہر نکال دیا۔ یہ کہاں کی شرافت ہے، تم سمجھتے ہو کہ تم نے ایک نیک کام کیا اور ایک لڑکی کی عصمت کو بچایا، لیکن تم نے اس کی محبت کا سرچشمہ ہمیشہ کے لئے خشک کر دیا۔ آج کل وہ کیوں اداس رہتی ہے، تم نے اس کے گالوں کی زردی کو نہیں دیکھا، تم نے اس کی نگاہوں کی تشنگی اور بھوک کا کبھی اندازہ نہیں کیا، تم ورزش کر کے اور گھی پی کر سو گئے اور وہ بے چاری

محبت کی جھلستی ہوئی آگ میں جل بھن کر سوکھتی چلی گئی۔ مجھے ایسی شرافت پسند نہیں، میں جانتا ہوں کہ جب تمھیں عورت کی یاد ستاتی ہے تو تم کیا کرتے ہو، اس وقت تم کیوں ٹھنڈے پانی سے بار بار غسل کرتے ہو، مگر آخر کب تک؟ اگر دُنیا کے تمام انسان ٹھنڈے پانی سے نہانا شروع کر دیں تو دُنیا اس چیز سے محروم ہو جائے جسے محبت کہتے ہیں۔ محبت ہی زندگی کا محور ہے، اس کے بغیر زندگی بے جان ہے، بے کیف ہے۔

ہاں اس دن کی بات ہے کہ ایک نوجوان لڑکی میرے کمرے میں آگئی، میرے دوست نے اس لڑکی کو دیکھ لیا۔ اس نے اس بات کو ناپسند کیا۔ اور یہ بات برداشت نہ کر سکتا تھا کہ کوئی لڑکی اس کے گھر کی طرف رُخ کرے۔ میرے دوست نے اس لڑکی کو گالیاں دیں اور کہا کہ وہ رنڈی ہے، ایک بدمعاش عورت ہے۔ لڑکی بچاری تکتی رہ گئی۔ اس میں کوئی شک نہیں کہ اس نے نیا نیا دھندا شروع کیا تھا اور وہ ان لوگوں سے آشنائی کرنا چاہتی تھی جو کم از کم اسے اچھے لگیں۔ اس سے پہلے وہ ایک لڑکے سے محبت کر چکی تھی اور اب وہ میری طرف مائل پرواز تھی۔ میرے دوست نے لڑکی کو بے عزت کر کے گھر سے باہر نکال دیا اور میں دیر تک اس واقعہ پر غور کرتا رہا۔ اگر میرا دوست اَن پڑھ ہوتا تو شاید میں اسے معاف کر دیتا، لیکن جو شخص پڑھا لکھا ہو اور پھر ایک طوائف کو گالی دے کہ وہ کیوں طوائف ہے، وہ کیوں اپنا جسم بیچتی ہے، تو صاف ظاہر ہے کہ وہ شخص زندگی کے بنیادی مسئلوں سے آگاہ نہیں، وہ انھیں بالکل نہیں سمجھتا اور اگر سمجھتا بھی ہے تو اپنے اصولوں کی خاطر ایک ایسی لڑکی پر حملہ کرتا ہے جو نہتی ہے، جو اکیلی ہے جس کا وارث کوئی نہیں ہے، جس کے پیشے کا ذمہ دار ہمارا سماج ہے، حکومت ہے، موجودہ سامراج ہے۔ تم ہی بتاؤ ایسے شخص کو کیا سزا ملنی چاہیے۔ طوائفیت کے مسئلے کو حل کرنا، طوائفوں کو گالی دینے سے حل نہ ہوگا بلکہ عورتوں کو تعلیم دینے سے، عورتوں کی بھوک مٹانے سے، عورتوں پر دُنیا کے دروازے کھولنے سے، عورتوں کو کام مہیا کرنے سے، عورتوں کو آزادی دینے سے، عورتوں کے اقتصادی مسئلوں کو حل کرنے سے جب تک یہ کام حکومت نہ کرے گی طوائفیں قائم

رہیں گی۔ اور آج کے دن تک وہ واقعہ بھول نہیں سکا۔ ایسا معلوم ہوتا ہے کہ اس دن اس لڑکی کی بے عزتی نہیں ہوئی تھی، میری بہن کی بے عزتی کی گئی تھی۔ اس دن میرے دوست نے اس لڑکی کی بے عزتی کر کے ظاہر کر دیا کہ مجھے بھی اس گھر میں نہیں رہنا چاہیے، ہو سکتا ہے کہ میں بھی اسی طرح اس گھر سے نکالا جاؤں۔ اس لڑکی نے جن قہر آلودہ نظروں سے میرے دوست کی طرف دیکھا تھا اس سے صاف یہی عیاں تھا کہ اگر وہ مرد ہوتی تو اسے تھپڑ مار کر اس کے ہوش ٹھکانے لگا دیتی۔ وہ کون شخص ہوگا، جو اچھی زندگی بسر کرنا نہیں چاہتا۔ آخر اس کو کیا غرض تھی کہ وہ اپنا جسم راہ گیروں کے ہاتھ بیچتی پھرے؟ کیا اس کے دل کے کسی گوشے میں یہ تمنا نہ تھی کہ اسے ایک ایسا شوہر ملے جو خوب صورت ہو، نیک ہو، اچھے پیسے کماتا ہو اور اس سے محبت کرتا ہو۔ اور اگر زندگی میں یہ چیزیں نہ ہوں، اور بھوک اور فاقوں سے مجبور ہو کر اپنے آپ کو فروخت کرنا پڑے تو اس لڑکی کا کیا قصور——؟ وہ اُداس شام میں کبھی نہیں بھول سکتا، وہ گالیاں ابھی تک میرے ذہن پر مرتسم ہیں۔ ایسا معلوم ہوتا ہے کہ ہر گالی میرے سینے میں ایک زخم پیدا کر گئی ہے، اس دن کے بعد میں اپنے دوست کے گھر سے چلا آیا۔

آج کل ماہم میں رہتا ہوں، سمر سٹ ماہم نہیں، منٹو کا ماہم نہیں بلکہ شیواجی پارک سے ایک اسٹیشن آگے۔ یہ جگہ مجھے بہت پسند ہے، اس جگہ نے میری اُداسی میں اور بھی اضافہ کر دیا ہے۔ میرے گھر کے سامنے ناریل کے درخت استادہ ہیں، یہ درخت ہوا میں جھومتے ہیں اور سمندر کی ہوا ناریل کے پتّوں سے اٹکھیلیاں کرتی ہوئی آگے نکل جاتی ہے۔ آسمان ابر آلود رہتا ہے اور کبھی کبھی خوب زور سے بارش ہوتی ہے، میں اکثر بالکونی میں کھڑا رہتا ہوں اور ایک بھٹکے ہوئے انسان کی طرح اِدھر اُدھر دیکھتا رہتا ہوں، لوگ میری طرف دیکھتے ہیں اور ضرور سوچتے ہوں گے کہ یہ شخص یہاں کیوں کھڑا رہتا ہے، کیا یہ پاگل ہے، کیا اس کا دماغ ٹھیک ہے اور میں ان کی طرف دیکھتا ہوں جیسے میں اُن کی ہر بات کو اچھی طرح سمجھتا ہوں، جیسے میں ان کے دل کی ویرانی، اُن کی بے بسی، اُن کی ناچاری سے اچھی طرح آگاہ ہوں۔ مگر میں نے انھیں بنانے

کی کبھی کوشش نہیں کی۔

میرے مکان کے سامنے ایک ایکٹر کا مکان ہے میں نے اکثر ایک خوبصورت لڑکی کو اس کے کمروں میں گھومتے دیکھا ہے، سُنا گیا ہے کہ یہ لڑکی EXTRA کا کام کرتی تھی، پھر اس ایکٹر نے یہ لڑکی پسند کرلی، اور اب وہ گھر کی چار دیواری میں بند کردی گئی ہے۔ بمبئی میں عام طور پر لوگ ایکٹرسوں سے شادیاں کر لیتے ہیں، اور جب شادی کر لیتے ہیں تو اپنی بیویوں کو گھر کی چار دیواری میں بند کر دیتے ہیں۔ ان میں سے اکثر لڑکیوں نے آزاد زندگی بسر کی ہوتی ہے۔ کہاں وہ پہلے کھلم کھلا ہر مرد سے مل سکتی تھیں، لیکن اب وہ کسی غیر مرد کی طرف نظر اُٹھا کر دیکھ بھی نہیں سکتیں۔ یعنی ایک انتہا سے گزر کر دوسری انتہا کو پہنچ جاتی ہیں۔ نتیجۂ بے بسی، یاس، ایک ڈر، جو ہمیشہ ان کے گرد ایک چکر لگا تا رہتا ہے، مبادا ان کے شوہر اُنھیں کسی غیر مرد سے باتیں کرتے دیکھ لیں اور ان کا پھر وہی حشر ہو جس سے اکتا کر انھوں نے اس زندگی کو قبول کیا تھا۔ ازدواجی زندگی کے چند سالوں کے بعد انھیں معلوم ہو جاتا ہے کہ اس زندگی میں اتنی ہی وحشت ہے، اتنا ہی زہر ہے، اتنی ہی تلخی ہے ماتی ہی اُداسی ہے جتنی ان کی پہلی زندگی میں تھی۔ کبھی کبھی ایکٹر کی بیوی میری طرف دیکھتی ہے، آنکھوں میں بے پناہ اداسی ہے، چہرے پر ڈر کے آثار ہیں اور زندگی میں حسرت اور غم کے سوا اور کچھ نظر نہیں آتا، ہوا زور زور سے چلتی ہے، ناریل کے پتے ہوا میں ناچتے ہیں، آنکھیں چمکتی ہیں لمحہ بھر کے لئے، اور پھر وہی تاریکی چھا جاتی ہے۔

میرے مکان کے پیچھے اکثر گندگی کا انبار لگا رہتا ہے۔ کہتے ہیں بمبئی نہایت صاف جگہ ہے۔ اگر کبھی ماہم آؤ تو تمھیں معلوم ہو جائے گا کہ ماہم لاہور کی طرح گندا سڑا شہر ہے۔ مکان کے بائیں طرف دھوبی گھاٹ ہے جہاں دن بھر دھوبی کپڑے دھوتے رہتے ہیں۔ رسیّوں پر طرح طرح کے فراک لٹکے ہوئے نظر آتے ہیں۔ وہ سُرخ فراک دیکھو، کسی جوان لڑکی کا ہوگا، اور وہ لٹکتا ہوا لمبا فراک، کسی بڑھیا کا ہوگا۔ رنگ برنگ کی ساڑیاں، پاجامے، دھوتیاں، انڈرویئر، چادریں جا بجا لٹکی ہوئی نظر آئیں گی۔ گلی کے قریب ہی ایک ناریل کا درخت گرا ہوا ہے، ذرا بیچ

کے چلنا، کہیں ٹھوکر نہ لگے، چند دن ہوئے بہت تیز و تند ہوا چلی تھی اور یہ ناریل کا درخت گر گیا تھا۔ بالکونی میں کھڑے ہو کر تمہیں ایک چھوٹا سا مندر دکھائی دے گا، دراصل یہ مندر نہیں ہے صرف ایک ٹین کی چھت ہے جس کے نیچے ایک مورتی رکھ دی گئی ہے۔ بمبئی میں بہت کم مندر ہیں بہت کم گوردوارے ہیں بہت کم مسجدیں ہیں، ہاں گرجے زیادہ نظر آتے ہیں۔ تو ہاں، شاید ماہم کے ہندوؤں کو مندر کی ضرورت محسوس ہوئی ہوگی، بے چاروں نے اسی ٹین کی چھت کے نیچے مورتی نصب کر دی' عورتیں صبح سویرے آتی ہیں اور پتھر کی پوجا کرتی ہیں۔ چند دن ہوئے ناریل کا درخت اس پتھر پر گرا تھا۔ میرا مطلب ہے اس خدا پر، اس دیوتا پر۔ درخت بھاری تھا، دیوتا کچھ نہ کر سکا بچارا وہ درخت کے بوجھ تلے دب کر رہ گیا۔ بیسویں صدی کے خدا بھی بے جان ہیں، جامد ہیں، غیر متحرک ہیں آج کل جنگ کا زمانہ ہے۔ ہندوؤں اور مسلمانوں کو کھانے پینے کے لئے کچھ نہ کچھ مل جاتا ہے نہیں تو اس بات پر ایک ہنگامہ برپا ہو جاتا۔ ہندو کہہ سکتے تھے کہ مسلمانوں نے جان بوجھ کر درخت گرایا ہے تا کہ ہندوؤں کے پرماتما کی بے عزتی کی جائے۔ آج کل ان مسئلوں کو کون پوچھتا ہے، جب پیٹ بھرا ہوا ہو تو پرماتما یاد نہیں آتا مذہب بچارا ——

میرا فلیٹ دوسری منزل پر ہے، اس لئے جب کبھی بالکونی میں کھڑا ہوتا ہوں تو ارد گرد کے مکانوں کو اچھی طرح دیکھ لیتا ہوں۔ میرے فلیٹ کے دائیں طرف ایک گجراتی رہتا ہے۔ گجراتی بچارا بوڑھا ہے، لیکن اُس کی بیوی جوان ہے۔ اگر خوب صورت ہوتی تو میں ضرور اس سے رومان لڑاتا میری جمالیاتی حِس کی داد دو کہ میں یوں ہی ہر لڑکی سے محبت نہیں کر سکتا، بچاری نہایت ہی بدصورت عورت ہے۔ کاش اس کے دانت باہر نکلے ہوئے نہ ہوتے تو شاید مجھے پسند آ جاتی۔ وہ اکثر پھولوں کا ایک گچھا اپنے جوڑے میں باندھتی ہے۔ یہاں کی عورتوں کو پھولوں سے عشق ہے، معلوم ہوتا ہے عورت جتنی زیادہ بدصورت ہوتی ہے، اتنا ہی وہ پھولوں سے محبت کرتی ہے، یہاں تم ہر لڑکی، ہر عورت کو پھولوں سے لدی ہوئی پاؤ گے، لیکن پھر بھی حُسن عنقا ہے۔ حسین عورت بہت مشکل سے دکھائی دیتی ہے، اور پھول لگا کر یہاں کی عورتیں اور بدصورت نظر آتی ہیں، خوب صورتی میں اضافہ

ہے۔ بہرحال اس گجراتن کو پھولوں سے تو ہوتا نہیں، بدصورتی میں اضافہ ہو جاتا ہے۔ بوڑھا گجراتی اکثر باہر رہتا ہے، عورت دن بھر چارپائی پر لیٹی رہتی ہے، بالکل اوندھی تکیئے پر مُنھ رکھ کر ٹانگوں کو دن بھر ہلاتی رہتی ہے۔ آج کل گجراتی نے ایک نوکر رکھ لیا ہے۔ آج میں نے نوکر کو گجراتن کے لبوں کو چُومتے ہوئے دیکھا، پھر دروازے کی چٹخنی بند کر دی گئی، کچھ عرصے تک قہقہوں کی آواز آتی رہی۔ جب شام کے وقت گجراتن باہر نکلی، تو اس کے لبوں پر مُسکراہٹ تھی، آنکھوں میں چمک تھی، جسم میں سے ناریل کی سوندھی سوندھی خوشبو آرہی تھی، آنکھوں میں خوشی کے لاکھوں پھُول کھلے ہوئے تھے، لیکن یہ خوشی جلد ہی فنا ہو گئی، بوڑھے گجراتی کو اس عشق کا علم ہو گیا اور اس نے نوکر کو نکال دیا۔ آج پھر گجراتن کے لب سُوکھے ہوئے تھے، اس کی آنکھوں سے یاس ٹپکتی تھی، اس کی مُسکراہٹ میں اداسی تھی، اس کی باتوں میں غمی کی جھلک تھی۔ اور وہ اب اکثر بستر پر اوندھے مُنھ لیٹی رہتی ہے۔ اور اس کی سڈول پنڈلیاں ہلتی رہتی ہیں۔

تم کہو گے کہ میں محبت کا قصّہ لے بیٹھا، سچ کہوں تو بُرا تو نہ مانو گے، میں ہر طریقے سے کوشش کرتا ہوں کہ عورت کے متعلق کچھ نہ سوچوں، عورت کے متعلق کچھ نہ لکھوں، لیکن ہر بار جب لکھنے لگتا ہوں تو عورت سامنے آجاتی ہے ایسا معلوم ہوتا ہے کہ شاید عورت کے بغیر بات پھیکی رہے گی، اچھا آؤ، تمھیں عورت کی دُنیا سے دُور لے چلتا ہوں، میں تمھیں اپنے دوستوں سے متعارف کراتا ہوں۔ جس جگہ میں رہتا ہوں وہ فلیٹ صرف ایک آدمی کے رہنے کے لئے ہے، لیکن آج کل اس فلیٹ میں سات آدمی رہتے ہیں۔

ان سے ملو، یہ ہیں مسٹر چٹرجی۔ یہ بنگال کے ایک دور افتادہ گاؤں سے چل کر بمبئی آئے ہیں۔ وہی تلاشِ روزگار ـــــ یہ کوئی نئی بات نہیں، انگریز اتنی دور سے چل کر آئے ہیں، اور اگر ایک بنگالی نوجوان بمبئی میں اپنی قسمت آزمانے آیا ہے تو اس میں کیا بُرائی ہے۔ چٹرجی کا رنگ سیاہ ہے، جب کبھی وہ سیاہ سوٹ پہنتا ہے اور سگریٹ سُلگا کر دھواں مُنھ سے نکالتا ہے تو بالکل ریل کے انجن کی طرح دکھائی دیتا ہے۔ عام بنگالیوں کی طرح دُبلا پتلا، ایسا معلوم ہوتا ہے جیسے وہ تپ دق کا

مریض ہے، اس کے گال پچکے ہوئے ہیں۔ چہرے پر ہر وقت مُردنی سی چھائی رہتی ہے۔ بازو لمبے اور پتلے، ٹانگیں سوکھی ہوئی، آنکھیں بڑی بڑی سیاہ، مگر بے نور، بے جان، کھوئی کھوئی سی، کسی چیز کی جویا ایک آنے والے زمانہ کی اُمید پر زندہ۔ وہ زمانہ جب بھوک اور بیکاری مٹ جائے گی، جب دُنیا میں انسانیت کا راج ہوگا، جب ایک نئی زندگی کی صبح ہوگی۔

خیر — چیٹرجی نہایت ہوشیار آدمی ہے، ہر وقت کچھ نہ کچھ کرتا رہتا ہے، میں نے اسے کبھی بیکار نہیں دیکھا۔ مگر حالت یہ ہے کہ آج تک اسے کوئی روزگار نہیں ملا، وہ بمبئی میں اس لئے آیا تھا کہ وہ ایک کامیاب کیمرہ مین بن سکے۔ اس کا بھائی فوٹوگرافر تھا، اور اس نے بھی فوٹوگرافی کا کام بھائی کی دوکان پر سیکھا تھا۔ وہ اردو اچھی طرح بول سکتا ہے، ہندی بھی جانتا ہے، ٹوٹی پھوٹی انگلش بھی بول لیتا ہے۔ اس کے پاس یونی ورسٹی کی کوئی ڈگری نہیں لیکن ایک عام گریجویٹ سے بہتر انگریزی بول لیتا ہے۔ ایک بار ایک فلم میں کام ملا تھا، لیکن چند دنوں کے بعد اسے نکال دیا گیا تھا۔ اب وہ ڈائریکٹر بننا چاہتا ہے اور اس کے بعد پروڈیوسر۔ وہ کہتا ہے کہ وہ ایک دن پروڈیوسر بن کر دکھائے گا۔ اس کے پاس کھانے کے لئے پیسے نہیں ہوتے، کبھی کبھی وہ مجھ سے پیسے مانگ لیتا ہے۔ آج کل وہ ایک وقت کھانا کھاتا ہے، اس لئے اس کی صحت روز بروز گر رہی ہے۔ پچھلے ہفتے اس کو زکام ہو گیا اور ساتھ ہی بخار۔ پہلے ہی کون سا طاقتور تھا۔ زکام اور بخار نے اسے اور لاغر کر دیا۔ دو دن تک اس نے کچھ نہیں کھایا۔ اس کی بے نور آنکھیں اندر دھنس چکی ہیں، اس کا چہرہ اور سیاہ ہو گیا ہے، اور جب وہ چلتا ہے تو اس کی ٹانگیں کانپتی ہیں، باتیں کرتے وقت اس کا سانس پھول جاتا ہے، لیکن اس نے ابھی ہمت نہیں ہاری، وہ اب بھی کہتا ہے کہ وہ ایک دن پروڈیوسر ضرور بنے گا۔ وہ ایک دن فلم ڈائریکٹ ضرور کرے گا۔ کیا ہوا اگر اس کے پاس پیسہ نہیں ہے، کیا ہوا اگر وہ ایک دن میں ایک بار کھانا کھاتا ہے، وہ فاقے کرے گا۔ وہ زندگی سے لڑے گا، وہ فلمی دُنیا کے ہر شخص سے جنگ کرے گا۔ وہ اچھی طرح جانتا ہے کہ لوگ کس طرح پروڈیوسر بن جاتے ہیں۔ بمبئی میں اگر کوئی پروڈیوسر بننا چاہے تو اسے چاہیے کہ وہ کسی خاتون کو پھانس لے یا وہ خود اتنا حسین ہو کہ کوئی

عورت اسے پھانس لے لیکن چٹرجی نہ خوبصورت ہے نہ جوان ہے، کوئی ذہین سمجھ دار خوبصورت عورت اس سے عشق نہیں کر سکتی مگر وہ اپنی دُھن کا پکا ہے۔ اس کا ارادہ چٹان کی طرح مضبوط ہے مگر کبھی کبھی جب وہ بمبئی کے سٹوڈیو کے چکر لگا لگا کر تھک جاتا ہے تو کہتا ہے کہ وہ اس زندگی سے اکتا گیا ہے، وہ کب تک جدوجہد کرتا رہے، وہ کب تک لوگوں کی گھڑکیاں سُنتا رہے اسے لوگوں سے نفرت ہوگئی ہے، اسے خود زندگی سے نفرت ہوگئی ہے، وہ خودکشی کرلے گا۔ اور جب کبھی وہ کُرسی پر بیٹھ کر خودکشی کے متعلق سوچتا ہے تو میرے جسم کے رونگٹے کھڑے ہو جاتے ہیں۔ پھر وہ ایک عجیب انداز سے مُسکراتا ہے، اُف ان خُشک لبوں پر ایک بے جان مُسکراہٹ! یہ مُسکراہٹ نہیں خُون ہے، مسلسل فاقوں کی ایک تصویر ہے جو زندہ ہو کر اُس کے لبوں پر ناچتی ہے، کائنات کا ہر ذرہ خاموش ہے، بمبئی کا ہر سیٹھ زندہ ہے بمبئی کے ہر ہوٹل میں بجلی کے قمقمے جگمگاتے ہیں، بمبئی کے شراب خانوں میں تل دھرنے کی جگہ نہیں، ناچ ہوتے ہیں، نگاہوں میں پیاس اور ہوس کی بجلی کوندتی ہے۔ میرین ڈرائیو پر لاکھوں قمقموں کی روشنی پھیلتی ہے اور ہر طرف پھیلتی چلی جاتی ہے، سمندر کی لہریں بڑھتی ہیں، شور مچاتی ہیں اور پھر ہٹ جاتی ہیں، ٹراموں، بسوں اور موٹروں کی کھڑکھڑاہٹ مدھم نہیں ہوتی، لیکن یہ شخص اس بے نُور کمرے میں بیٹھ کر کیوں اداس دکھائی دیتا ہے اس کی آنکھوں میں کیوں مرنے کی تمنا ہے، مگر اس اندھی جدوجہد کا کیا مقصد ہے؟ آج کل چٹرجی کھانستا ہے، وہ ہلکی ہلکی کھانسی، خُدا بچائے اس کھانسی سے۔ کیا اسے تپ دق ہو گیا ہے؟ کیا وہ زندگی میں کبھی ڈائرکٹر نہ بن سکے گا، کیا اس کی خواہش کبھی پروان نہ چڑھے گی؟ میرے دوست اکثر چٹرجی کو چڑاتے ہیں، اس سے مذاق کرتے ہیں کہ وہ کب ڈائرکٹر بنے گا، وہ کب پروڈیوسر بنے گا، پھر سب اسے گالیاں دیتے ہیں، اسے گھر سے نکال دینے کی دھمکیاں دیتے ہیں، محض اس لئے کہ اُس کا کوئی وارث نہیں، محض اس لئے کہ اس کے پاس پیسے نہیں اور وہ فلیٹ کا کرایہ ادا نہیں کر سکتا اور وہ اکثر دوستوں کا دست نگر رہتا ہے۔ وہ جانتا ہے کہ اگر وہ اس فلیٹ سے نکال دیا گیا تو کہاں اور کدھر جائے گا۔ وہ کس جگہ رات بسر کرے گا۔ وہ غصے میں آکر خط لکھنے لگتا ہے کس کو؟ شاید اپنے باپ کو ــــ جس نے اسے پیدا کیا، شاید اپنی ماں کو جو کب کی مر چکی ہے، یا اپنے

بھائی کو، جو ایک دور اُفتادہ گاؤں میں زندگی کے دن کاٹ رہا ہے، خط لکھو، لکھے جاؤ، دُنیا کے ناخداؤں کو خط لکھو، چرچل کو خط لکھو، روز ویلیٹ کو تار دو کہ وہ تمھیں روپے بھیجیں۔ سٹالن کو خط لکھو، جس نے ہندوستان کی آزادی کے متعلق کبھی کچھ نہیں کہا۔ دُنیا کے ہر بڑے انسان کو خط لکھو کہ وہ تمھیں اس زندگی سے نجات دلائے۔ تم دُنیا کے ہر بڑے شخص سے پُوچھو کہ تم چٹرجی، کیوں اس دُنیا میں اکیلے ہو، تم کیوں فاقے کرتے ہو، تم کیوں بھُوکے رہتے ہو، تمھیں کیوں سونے کے لئے جگہ نہیں ملتی۔ لیکن خُدا کے لئے خاموش نہ رہو۔ تم دوستوں کی گالیاں اس خاموشی سے نہ سُنو۔ تم کیوں اس ذلّت کو برداشت کرتے ہو۔ یہ ذلّت مجھے ناگوار معلوم ہوتی ہے، ناگوار ہی نہیں بلکہ ایسا معلوم ہوتا ہے کہ میرا گلا گھونٹ دیا جا رہا ہے۔ میں یہ سکوت برداشت نہیں کرسکتا۔۔۔ اور کبھی کبھی میں سوچتا ہوں کہ میں ان سب لوگوں کو بالکونی سے نیچے پھینک دوں، دُنیا میں ہر شخص کمینہ ہے، رزیل ہے......

دُنیا میں ایسے نظام کی ضرورت ہے، ٹھہرو۔۔۔ میں اشتراکی بننا نہیں چاہتا۔ میں فسطائیت کا حامی نہیں، میں کسی ازم کا پرچار کرنا نہیں چاہتا۔ میں فسطائیت کا حامی نہیں۔ میں کہانی نہیں لکھ رہا ہوں، میں کہانی لکھنا جانتا ہی نہیں۔ میری کہانی میں نہ پلاٹ ہوتا ہے اور نہ میں ماحول تعمیر کرتا ہوں۔ نہ کردار نگاری کے معجزے دکھاتا ہوں۔ نہ رنگین عبارت لکھتا ہے۔ میں اُردو ادب کی خدمت نہیں کرنا چاہتا۔ میں لفظ 'خدمت' سے نفرت کرتا ہوں۔ میں غلط زبان لکھتا ہوں، میں غلط محاورے لکھتا ہوں، مجھے مذکر اور مونث کی کوئی تمیز نہیں، میں نئی نئی تشبیہیں نہیں لکھتا۔ میں دلکش سٹائل کا مالک نہیں، میں موپساں اور ٹالسٹائی کی طرح بڑا ادیب بننا نہیں چاہتا، میں شہرت کا قائل نہیں۔۔۔ میرے پاس اس وقت صرف چار آنے ہیں صرف چار آنے۔۔۔ میں جو کچھ کہوں گا، صاف صاف کہوں گا۔ میرے خیالات ایک فرد، ایک قوم کے نہیں بلکہ انسانیت کے ترجمان ہیں۔ میں انسانیت کا قائل ہوں اور اس لئے پوچھتا ہوں کہ اس دُنیا میں اتنا ظُلم کیوں ہے، اتنی بے کاری کیوں ہے۔ اس کا جواب تم کیا دو گے! انسانی خُداؤں اور رہنماؤں کے پاس اس کا کوئی جواب نہیں۔ خیر۔۔۔ ان سے ملو، ان کا نام ہری چند ہے، یُو پی ان کا دیس ہے۔ جنگ شروع ہونے سے پہلے ہری چند اپنے

مالدار چچا کے ساتھ سٹہ کھیلتا تھا لیکن جونہی جنگ شروع ہوئی، اس کا چچا سٹے میں سب کچھ ہار گیا اور ہری چند کو نوکری کی تلاش میں بمبئی آنا پڑا کچھ عرصہ وہ ڈپو میں کام کرتا رہا لیکن ڈپو کی نوکری موافق نہ آئی نوکری چھوڑ دی۔ کسی نے کہا تم ایکٹر بن سکتے ہو۔ بس پھر کیا تھا، ایکٹر بننے کا جنون سر پر سوار ہو گیا۔ بمبئی کی آدھی آبادی ایکٹر بننے کی تمنا کرتے کرتے مرجاتی ہے۔ بچارے ہری کو بھی یہی جنون سوار ہے کاش اسے اصلیت سے آگاہ کر دیا جاتا۔ مگر انسان اپنے آپ کو دھوکا دینا چاہتا ہے، وہ اصلیت کا کبھی سامنا کرنا نہیں چاہتا۔ آج کل ہری دن میں دس بیس بار کنگھی کرتا ہے، آئینہ ہر وقت اس کے ہاتھ میں رہتا ہے، اس کے جسم کی تشکیل میں ایک عجیب نسوانیت کی سی جھلک ہے۔ ایسا معلوم ہوتا ہے جیسے وہ مرد کم ہے اور عورت زیادہ ہے۔ وہ بال عجیب انداز سے بناتا ہے۔ غسل خانے میں دو دو گھنٹے صرف کرتا ہے۔ اور جب نہا کر باہر نکلتا ہے تو کریم اور پاؤڈر کی آفت آتی ہے۔ چہرے پر کریم ملتا ہے اور ملتا رہتا ہے اور پھر پنکھے سے ہوا کرتا ہے تاکہ چہرے کی جلد کے ہر مسام میں کریم جذب ہو جائے، لیکن کریم کے متواتر استعمال سے ابھی تک رنگت میں کوئی فرق نہیں آیا۔ ہری ہر روز دگنی اجرت پر کپڑے دھلاتا ہے اور روپے گھر سے منگوا کر گذارہ کرتا ہے لیکن کب تک۔ وہ پھر سٹہ کھیلنا چاہتا ہے۔ وہ کہتا ہے کہ سرکاری نوکری کر کے کوئی انسان امیر نہیں بن سکتا۔ وہ ایک اچھے گھر میں رہنا چاہتا ہے، وہ ریڈیو خریدنا چاہتا ہے۔ وہ خوبصورت عورتوں سے محبت کرنا چاہتا ہے۔ بتاؤ ان باتوں میں کون سی بری بات ہے۔ ہر عقل مند شخص ان ہی باتوں کی خواہش کرے گا۔ ہری چند جانتا ہے کہ ڈپو کی نوکری کر کے وہ یہ چیزیں حاصل نہیں کر سکتا، اس لئے وہ ایکٹر بننا چاہتا ہے، کیوں کہ ایک ایکٹر آج کل ہزاروں روپے کماتا ہے۔ وہ سٹہ کھیلنا چاہتا ہے۔ کیوں کہ سٹہ کھیلنے سے یا وہ امیر بن جائے گا یا محض بھکاری صاف ظاہر ہے کہ وہ زندگی سے جوا کھیلنا چاہتا ہے ـــــ جن حالات، جس ماحول میں وہ رہتا ہے اس ماحول میں اسے رتی بھر خوشی نصیب نہیں ہوتی۔ روز بروز اس کا وزن کم ہو رہا ہے۔ سر کے بال گر رہے ہیں، آنکھوں میں مایوسی کے آثار نمایاں ہیں، وہ کچھ تھکا تھکا سا دکھائی دیتا ہے۔ آج ہری طاقت کی دوا خرید کر لایا ہے، وہ ہر روز اسے استعمال کرے گا اور زندگی کی کشمکش جاری رکھے گا۔

دواؤں کے استعمال سے انسان کب تک زندہ رہ سکتا ہے، آخر کب تک ــــ ؟ جس ہوٹل میں وہ کھانا کھاتا ہے، وہاں کی خوراک میں غذائیت کا نام نہیں، صاف ظاہر ہے کہ وہ ان مُسلسل مصیبتوں کا مقابلہ نہ کر سکے گا۔ میں نے اس سے کئی بار کہا ہے کہ وہ پھر سے ڈپو کی نوکری کر لے، مگر وہ ہمیشہ نفی میں جواب دیتا ہے' اور آئینہ کو سامنے رکھ کر مُسکراتا ہے اور اپنے بے جان گھردرے بالوں میں کنگھی کرتا ہے، اور زور زور سے کریم ملتا ہے' اور پھر کہتا ہے کہ میں آہستہ آہستہ مرنا نہیں چاہتا۔ میں جانتا ہوں کہ میں اب زیادہ عرصہ زندہ نہیں رہ سکتا۔ شام کے وقت میری ٹانگیں ڈگمگاتی ہیں، سر چکراتا ہے اور ہر روز رات کو بخار ہو جاتا ہے اور پھر ہلکی ہلکی کھانسی کی شکایت بھی ہے مجھے' لیکن میں ڈپو کی نوکری نہیں کر سکتا وہ بامشقت قید ہے۔ میں یہ قید برداشت نہیں کر سکتا۔ دیکھو' اس ٹرنک میں میری بی اے کی ڈگری ہے۔ اگر میں مر گیا" وہ پھر ہنستا ہے۔ موٹے موٹے لبوں پر ایک کھسیانی سی ہنسی، جیسے وہ کبھی نہیں مرے گا۔" تو یہ ڈگری لکھنؤ یونیورسٹی کو واپس بھیج دینا۔ زیادہ عرصہ اسے اپنے پاس نہ رکھنا۔ ڈگری کا کافی حصہ دیمک چاٹ گئی ہے' اور باقی ــــ ہے بھی کیا۔

اور میں اسے سمجھاتا ہوں کہ بھائی نوکری کر لو۔ لیکن وہ بالکل نہیں مانتا۔ اس دورِ ابتلا میں عجیب انسانوں کا سامنا کرنا پڑتا ہے۔ ہر طرف ابتری پھیلی ہوئی ہے' اور ہر شخص ایک بہتر زندگی بسر کرنے کی فکر میں ہے، مگر وہ لوگ جن کے ہاتھوں میں دُنیا کے انسانوں کی قسمت ہے، وہ چُپ چاپ بیٹھے ہوئے ہیں۔ وہ اپنی شہرت عزت اور رتبے کو برقرار رکھنے کے لئے اسی راستے پر گامزن رہنا چاہتے ہیں جس پر چل کر کئی صدیوں تک ان کے باپ دادا نے حکومت کی تھی۔

اور رگھبیر سے تعارف کرانا تو میں بھول ہی گیا۔ رگھبیر تمام دن باہر رہتا ہے' اور تقریباً رات کے بارہ بجے گھر آتا ہے، تم پُوچھو گے کہ وہ کیا کرتا ہے' تو میں اس کا جواب کچھ نہیں دے سکتا، اس فلیٹ میں جو شخص بھی رہتا ہے' اس کے متعلق میں یہ وثوق سے نہیں کہہ سکتا کہ وہ کیا کام کرتا ہے' دراصل اس فلیٹ میں جو لوگ بستے ہیں' وہ کچھ کام نہیں کرتے ــــ اوتار سنگھ کو چھوڑ کر' لیکن اس کا ذکر میں پھر کروں گا۔

رگھبیر کو تم نے نہیں دیکھا، وہ چھوٹا سا قد دور سے دیکھو، ایک خوبصورت کھلونے کی طرح دکھائی دے گا۔ اس کے بال بھورے، رنگ گورا، اس کی خوب صورتی اس کے سنہرے بالوں میں پنہاں ہے۔ اُسے اچھے کپڑے پہننے کا بہت شوق ہے اور جب کبھی وہ ایک اچھا سوٹ پہن کر اور نکٹائی لگا کر فلیٹ سے باہر نکلتا ہے تو گلی کی تمام جوان لڑکیاں اس کی طرف آرزومند نگاہوں سے دیکھتی ہیں، اور پھر رگھبیر ایک شعر گنگناتا ہے: "زندگی چاندی عورت کے سوا کچھ بھی نہیں۔" رگھبیر شاعر ہے، لیکن اس کی کوئی نظم کبھی کسی رسالے میں نہیں چھپی، وہ ایک کامیاب ایکٹر ہے، لیکن کسی فلم میں ابھی تک اُسے کوئی پارٹ نہیں ملا۔ وہ ایک دلچسپ عاشق ہے۔ وہ ہر عورت سے عشق کر سکتا ہے، بلکہ وہ لڑکی سے عشق کرتا ہے، سڑک پر چلتے پھرتے ٹرام میں چڑھتے اُترتے، گلی کے موڑ پر، ہوٹل، سینما، باغ، اسٹیشن ہر جگہ وہ لڑکیوں سے عشق کرتا ہے، وہ صرف لڑکی کی طرف دیکھتا ہے اور پھر آہ بھرتا ہے، شعر کہتا ہے: "زندگی چاندی عورت کے سوا کچھ بھی نہیں۔" اپنی ناکام محبت کے افسانے دوستوں کو سُناتا ہے، جس لڑکی سے وہ عشق کرتا ہے، اس سے ضرور شادی کا وعدہ کرتا ہے، چند دنوں کے بعد عشق کا جوش سرد پڑ جاتا ہے، مگر رگھبیر کی جنوں پرور نگاہیں کسی اور لڑکی کو تلاش کر لیتی ہیں۔

آج کل اسے ایک بنگالن سے عشق ہو گیا ہے، رگھبیر کہتا ہے کہ وہ واقعی عشق کر رہا ہے، لیکن ہمیں یقین نہیں آتا، ہم سب ہنس پڑے۔ ہم اس کی گہرائی اچھی طرح جانتے ہیں ہر روز وہ اپنی محبوبہ کو خط لکھتا ہے، اور وہ رات بھر جاگتا رہتا ہے، میں اکثر رگھبیر کی محبت کا مذاق اُڑاتا ہوں، لیکن وہ مُسکرا کر ٹال دیتا ہے اور کسی بات کا جواب نہیں دیتا۔ اس کی ہنسی میں واقعی کچھ مایوسی سی آ گئی ہے۔ کیا رگھبیر بنگالن سے عشق کرتا ہے؟ رگھبیر نے بتایا کہ شروع میں بنگالن، جس کا نام گیتا ہے اس سے شادی کرنے کے لیے تیار ہو گئی تھی، گیتا ایک نرتکی ہے وہ ایک مشہور فلم اسٹار کے ٹروپ میں کام کرتی ہے اور بچارا رگھبیر بھی اس ٹروپ میں شامل ہو گیا اور اس بنگالن کی خاطر تمام ہندوستان کا چکر لگاتا رہا۔ لیکن جب ٹروپ کلکتہ پہنچا تو گیتا نے صاف جواب دے دیا کہ وہ اس سے شادی نہیں کر سکتی۔ شاید گیتا کے چاہنے والوں نے اصرار کیا ہو گا کہ وہ کیوں ایک غریب

آوارہ لونڈے سے عشق کر رہی ہے۔ ہماری طرف دیکھو، ان فلک بوس عمارتوں کو دیکھو، ان کاروں اور گاڑیوں کی طرف دیکھو، یہ چمکتے ہوئے ہیرے، یہ صوفہ سیٹ، یہ رنگین پردے، یہ نوکر، یہ لونڈیاں، یہ باندیاں، اور طرح طرح کے کھانے ـــ وہ شاعر تمہیں کیا دے گا، فقط چند شعر، اور کچھ نہیں، اگر تم اس سے شادی کرو گی تو بھوکی مر جاؤں گی۔ وہ خود بھوکا ہے، وہ تمہیں کیا کھلائے گا، اور پھر وہ بنگالی نہیں ہے، شمالی ہند کی ایک گھٹیا سی ریاست کا باشندہ ہے، اپنے دیس میں رہو، اس کلکتہ میں رہو، یہاں ناچو، گاؤ، لوگوں کو اُلّو بناؤ اور زندگی کے دن ہنسی خوشی ..... بسر کرتی چلی جاؤ ـــ اور بے چارا رگھبیر، جب سے وہ کلکتہ سے واپس آیا ہے، اس کا حلیہ بگڑ گیا ہے۔ عورت کی بے وفائی نے اُسے بُری طرح اُداس کر دیا ہے۔ اب وہ ہر روز شراب پیتا ہے اور رات کے بارہ بجے گھر آتا ہے پہلے وہ اپنے مستقبل کے متعلق بہت پُر امید تھا لیکن اب اس کے حوصلے بہت پست ہو گئے ہیں۔ اس کے دل کی ویرانی روز بروز بڑھتی جا رہی ہے۔ آج وہ رات کے بارہ بجے گھر واپس آیا۔ اُس نے کافی شراب پی رکھی تھی، اور اس کے مُنہ سے شراب کی بو آ رہی تھی اس کے بھورے بال بکھرے ہوئے تھے، اس کی پینٹ میلی اور ڈھیلی ہو گئی تھی۔ کوٹ پر دھبے پڑ گئے تھے۔ آنکھیں سُرخ تھیں، وہ ہنسنا چاہتا تھا، لیکن ہنسی لبوں کے قریب ہی رُک گئی اور وہ لڑکھڑاتا ہوا کُرسی پر گر گیا اور بڑبڑانے لگا۔ یہی کہ وہ بمبئی میں نہیں رہ سکتا، وہ واپس شملہ جائے گا اُسے کیا معلوم کہ شہری لڑکیاں اتنی چالاک ہوتی ہیں۔ اُس نے بُوٹ اُتار دیئے اور پسینے سے بھیگی ہوگی جرابوں کو سُونگھنے لگا، اور پھر جرابوں کو اس نے ایک کونے میں پھینک دیا۔ وہ شملہ کی حسین وادی میں اپنا مسکن بنائے گا، وہ یہاں نہیں رہ سکتا۔ وہ شملہ کی ایک انجان اُلھڑ لڑکی سے شادی کرے گا اور نمک اور تیل کی دوکان کھولے گا۔ اب رگھبیر نے ایک کوٹ اُتار دیا تھا، قمیص اُتارتے ہوئے وہ کہہ رہا تھا، اسے فلمی دُنیا سے نفرت ہو گئی ہے، اور پھر اس نے پتلون بھی اُتار دی اور صرف انڈر ویئر پہنے کرسی پر ڈھیر ہو گیا ـــ اسے اس زندگی سے نفرت ہو گئی ہے، وہ زندگی کو دوبارہ شملہ میں زندۂ جاوید کرے گا۔ وہ شملہ کی پہاڑیوں کو کبھی بھول نہیں سکتا اور پہاڑوں

پر پھیلی ہوئی دُھند سفید، ٹھنڈی، نرم و نازک، اور اس کے ذہن میں اُس اُلھڑ لڑکی کے نقوش اُبھر آئے جس نے اُسے شہر جانے سے روکا تھا۔ لڑکی کی آنکھوں میں آنسو تھے، اور دھند چاروں طرف پھیلی ہوئی تھی، اور وہ دونوں دُھند میں اڑے جا رہے تھے۔ کدھر، کہاں۔ رگھبیر نے لڑکی کو اپنی چھاتی سے لگا لیا۔ لڑکی کی چھاتیاں اس کے سینے سے ٹکرائیں اور ایک غیر فانی نغمہ پیدا کرتی گئیں لڑکی کے دل کا طوفان اس کی طرف بڑھ رہا تھا اور دھند چاروں طرف پھیلی ہوئی تھی۔ لیکن وہ کیا کرتا۔ اس نے لڑکی کے گرم جلتے ہونٹوں پر اپنے ہونٹ دیئے۔ اور وہ دھند کی انتہائی گہرائیوں میں کھو گیا وہ نرم نرم پتلے پتلے ہونٹوں کا مزہ۔ وہ لڑکی کے سینے کا طوفان، اس کی آنکھوں کی عاجزی، رگھبیر کبھی نہیں فراموش کر سکتا۔ رگھبیر لڑکی کو بے یار و مددگار چھوڑ کر چلا آیا، اور اب وہ پھر واپس جانا چاہتا تھا کیا وہ لڑکی اب بھی انتظار کر رہی ہوگی۔ شاید۔ کون کہہ سکتا ہے کہ ان ابدی بوسوں کا مزہ ابھی تک لڑکی کے ہونٹوں پر ہو، لیکن — کون کہہ سکتا ہے کہ کسی زمیندار نے اس لڑکی سے شادی نہ کر لی ہوگی۔ ایسی حسین لڑکیوں کو کون کنواری رہنے دیتا ہے۔ شہر اور گاؤں کی زندگی میں کوئی فرق نہیں، دونوں جگہ ظلم ہے۔ ہر جگہ محنت کا گلا گھونٹ دیا جاتا ہے اور ظلم و استبداد کی پھیلی ہوئی سیاہی انسانوں کے دلوں کو اور سیاہ کر دیتی ہے۔ رگھبیر نے اب انڈرویئر بھی اُتار دیا ہے اور اب وہ مادر زاد ننگا ہے، اس کا سر ایک طرف لڑھک گیا ہے اور اس کے مُنہ سے شراب کی بدبو بدستور آرہی ہے۔ باہر ناریل کے درخت پر اُلّو چیخ رہا ہے۔ اور ہوا زور زور سے سائیں سائیں کر رہی ہے۔

بچارا رگھبیر..... اور پھر اوتار سنگھ —— بڑی دلچسپ شخصیت رکھتا ہے۔ اوتار سنگھ ایک سرکاری ڈپو میں نوکر ہے، وہ صبح چھ بجے گھر سے نکل جاتا ہے اور شام کے آٹھ بجے واپس آتا ہے وہ ایک ایسے ڈپو میں کام کرتا ہے جہاں جتنا زیادہ کام کیا جائے اتنی زیادہ تنخواہ ملتی ہے، اوتار سنگھ زیادہ سے زیادہ روپے کمانا چاہتا ہے۔ وہ پنجاب کے ایک مالدار جاٹ کا لڑکا ہے۔ اوتار سنگھ کہتا ہے کہ آج کل اُسے ترقی ملنے والی ہے، اور ترقی ملنے کی وجہ صرف اس کے صاف اور ستھرے کپڑے ہیں اور خاص کر اس کی نیلی نکٹائی جو اس کے سپرنٹنڈنٹ کو بہت پسند ہے۔ دفتر کا سپرنٹنڈنٹ

ایک اینگریزہے، دفتر میں باقی کلرک دھوتی یا جامہ پہن کر آتے ہیں، اس لئے وہ زیادہ پسند نہیں کئے جاتے۔ اور چونکہ دفتر میں سردار ہی سب سے زیادہ خوش پوش انسان ہے۔ اس لئے اسے جلد ہی ترقی ملنے والی ہے، اوتار سنگھ خدا پر ایمان نہیں رکھتا، وہ گوردوارے نہیں جاتا، اور اکثر قینچی سے داڑھی کے بال بھی کاٹ لیتا ہے۔ مگر سکھوں کے متعلق کوئی ریمارک پاس کیا جائے تو وہ بُرا مانتا ہے۔ وہ سکھوں کے خلاف کوئی بات سُننا پسند نہیں کرتا۔ وہ ایک مجموعۂ اضداد ہے، اور آزاد خیال ہوتے ہوئے بھی سخت رجعت پسند ہے۔

آج کل وہ بھی زندگی سے تنگ آگیا ہے، ایسا معلوم ہوتا ہے کہ اس فلیٹ کی ہوا میں اُداسی رچ گئی ہے، وہ کہتا ہے کہ اُسے ڈپو کی زندگی پسند نہیں۔ آخر وہ کب تک دن رات کام کرے اور کیوں، ڈپو کی کلرکی انسان کو غلام بنا دیتی ہے۔ اور یہ نوکری کتنی ذلیل ہے۔ اندر جانے کے لئے شناختی کارڈ لانا ضروری ہے، کارڈ دکھا کر اندر جانا پڑتا ہے۔ پھر رجسٹر پر حاضری لگانی پڑتی ہے اور کوئی کلرک ایک دو منٹ دیر سے پہنچے تو اس کی تنخواہ میں سے پیسے کاٹ لئے جاتے ہیں۔ یہ زندگی نہیں دوست، یہ موت ہے۔ اور پھر ان لمحوں میں کبھی خوشی نصیب نہیں ہوتی، کبھی تو انسان جی بھر کر ہنس لے، کسی عورت سے مُسکرا کر بات کر لے، اس کے حسین زندہ بالوں سے کھیل لے۔ کبھی تو عورت کے حسین خطوط کی داد دے سکے۔ کبھی تو عورت کی دلفریب مُسکراہٹ سے لُطف اندوز ہو سکے، کبھی تو انسان عورت کے جسم کی گرمی، اس کے بالوں کی خوشبو، اس کی آنکھوں کی دل کشی، اس کی باتوں کی موسیقی سے ہمکنار ہو سکے۔ لیکن اس فلیٹ میں عورت کہاں۔

یہاں تو ہم سب بھوت رہتے ہیں۔ عہد پارینہ کے انسان۔ تم نے بمبئی آنے کے لئے لکھا ہے، آؤ۔ بڑے شوق سے آؤ اور میرے پاس ٹھہرو، جب اسٹیشن سے اُترو تو بس میں بیٹھ کر شیواجی پارک کا ٹکٹ خرید لو، اور پھر ماہم پوسٹ آفس، ماہم پوسٹ آفس کے سامنے ایک گلی ہے، بس چلے آؤ اس گلی کی طرف، جو دوسرا مکان نظر آئے اس کی طرف نگاہ اُٹھاؤ، آشیانہ بلڈنگ کا نام پڑھ لینا ——— اور جوں ہی داخل ہو گے، تمہیں ایک پاگل آدمی کا سامنا کرنا پڑے گا۔

گھبرانا نہیں، یہ پاگل خانہ نہیں، یہاں انسان بستے ہیں۔ یہ پاگل اکثر دروازے کے باہر پڑا رہتا ہے یہ کیا کرتا ہے، روٹی کہاں سے کھاتا ہے؟ اس کا مجھے کوئی علم نہیں، لوگ اسے پاگل کہتے ہیں، لیکن میں نے کبھی اسے کوئی ایسی حرکت کرتے نہیں دیکھا، جس سے یہ ظاہر ہو سکے کہ یہ شخص پاگل ہے۔ اکثر یہ شخص آوارہ پھرتا رہتا ہے۔ ایک کالی، سیاہ پھٹی ہوئی قمیص پہنتا ہے، اس کے سر کے بال بکھرے رہتے ہیں اور ان میں میل جمی رہتی ہے۔ مسلسل فاقوں کی وجہ سے یہ انسان بہت دُبلا ہو گیا ہے۔
میں نے اُسے کبھی کسی سے بات کرتے نہیں دیکھا۔ وہ اکثر خاموش، چُپ چاپ لیٹا رہتا ہے، اور جب لیٹے رہنے سے تنگ آجاتا ہے تو گلی میں آکھڑا ہوتا ہے، اور سر کو جھٹک کر چلنا شروع کر دیتا ہے۔ یا کبھی پیچھے مُڑ کر دیکھتا ہے۔ جیسے زندگی کا سرمایا کہیں بھول آیا ہے۔ اُس کے ساتھ تم ایک کُتّے کو دیکھو گے، کُتّا تمہیں دیکھ کر بھونکے گا۔ کُتّے کو دیکھ کر خوف زدہ نہ ہونا، یہ کُتّا ہر نووارد کو دیکھ کر بھونکتا ہے، اس کی سُرخ آنکھوں میں تم غم و غصّہ کی جھلک دیکھو گے۔ اس کے جسم کو دیکھ کر تم آشیانہ بلڈنگ کے رہنے والوں کی بھوک کا اندازہ لگا سکو گے۔ صاف ظاہر ہے کہ جس گھر کا کُتّا بھوکا ہے، وہاں کے رہنے والے خود کتنے بھوکے ہوں گے۔
نچلی منزل میں ایک میوزک ماسٹر رہتے ہیں۔ اُنھوں نے ایک طوائف کو پھانس رکھا ہے۔ میں نے اس عورت کو اکثر روتے دیکھا ہے۔ اکثر یہ عورت سلاخوں والی کھڑکی میں بیٹھ کر اِدھر اُدھر جانے والے لوگوں کی طرف پریشان نگاہوں سے دیکھتی رہتی ہے۔ مجھے معلوم نہیں کہ یہ میوزک ماسٹر ایسی عورت کہاں سے لے آیا میوزک ماسٹر کی شکل ایک بھٹیارے سے ملتی جلتی ہے لیکن اس کے گھر کے باہر ایک موٹر کھڑی رہتی ہے۔ یہ موٹر اکثر خراب ہو جاتی ہے۔ جب رات پڑتی ہے تو میوزک ماسٹر عورت کو کار میں بٹھا کر کہیں لے جاتا ہے اور رات کے بارہ بجے کے بعد گھر آتا ہے میں نے دونوں کو کبھی خوش نہیں دیکھا۔ ہر روز کمرے میں سے لڑائی جھگڑے کی آوازیں آتی رہتی ہیں۔ میوزک ماسٹر کی بیوی زور زور سے روتی ہے چیختی ہے چلاتی ہے اور کہتی ہے کہ وہ یہاں سے چلی جائیگی۔ وہ یہاں نہیں رہ سکتی۔ دونوں خوب زور زور سے باتیں کرتے ہیں، لیکن دوسرے دن دونوں پھر اُسی

کمرے میں رہتے ہیں، سوتے ہیں اور عورت کھڑکی میں بیٹھ کر لوگوں کی طرف دیکھتی ہے، معلوم نہیں کیوں۔ !

اب ذرا سیڑھیاں چڑھو، دیکھ کر چڑھنا۔ پھسلن ہوگی۔ یہاں ٹھہر جاؤ ذرا دم لے لو۔ ایک ہی بلڈنگ میں تمام ہندوستان کو دیکھ سکو گے۔ یہاں ایک کرسچین لڑکی رہتی ہے۔ یہ لڑکی ہے یا عورت ہے یا ماں یا کسی کی بیوی، اس کا مجھے کوئی علم نہیں۔ کہتے ہیں اس کے تین بچے ہیں۔ یہ تینوں بچے سیڑھیوں میں کھیلا کرتے ہیں۔ بچوں کے جسم پر پھوڑے نکلے ہوئے ہیں۔ کرسچین لڑکی دروازے میں کھڑے ہو کر اپنے بچوں سے انگریزی میں باتیں کرتی ہے۔ اس کرسچین لڑکی کا نام کیا ہے۔ نام پوچھنے کی ضرورت کیا ہے۔ بچاری کی حالت ابتر ہے، گو رنگ سفید ہے، لیکن جسم پر گوشت نہیں ہے۔ چہرے کی ہڈیاں اُبھری ہوئی ہیں، اور اوپر والے جبڑے کے تین دانت آگے بڑھے ہوئے ہیں۔ کرسچین لڑکی فراک پہنتی ہے، کاش شلوار یا دھوتی پہنا کرے تو کم از کم اس کی پنڈلیاں تو ہماری نظروں سے اوجھل رہیں، نہایت پتلی پتلی سی ٹانگیں اور کچھ کچھ مڑی ہوئی، جیسے جسم کے بوجھ سے مڑ گئی ہوں۔ میں نے اس کے خاوند کو کبھی نہیں دیکھا یعنی میں نے اس گھر میں کسی مرد کو نہیں دیکھا۔ بہر حال کوئی مرد تو اس گھر میں آتا ہوگا۔ ورنہ یہ بچے کہاں آ گئے۔ اور بچاری کرسچین لڑکی گذارہ کس طرح کرتی ہوگی۔ جب تم پہلی بار آؤ گے، تو تم کرسچین لڑکی کو دروازے میں کھڑی پاؤ گے۔ وہ تمہاری طرف دیکھے گی اور پھر منہ موڑ لے گی۔ وہ ہر روز کس کا انتظار کرتی ہے، اس کا مجھے علم نہیں۔ لیکن اس کی آنکھوں میں اس کے نہ آنے والے محبوب کا انتظار ضرور ہے، وہ کب تک انتظار کرے گی۔ میں کیا بتا سکتا ہوں۔ میں نے ہمیشہ اس لڑکی کو نظر انداز کرنے کی کوشش کی ہے، لیکن میں نے ہمیشہ اُسے دروازے پر کھڑی دیکھا ہے۔

کرسچین لڑکی کے دروازے کے سامنے چند مدراسی عورتیں رہتی ہیں، بلکہ ایک بیوہ عورت رہتی ہے، جس کی بہت سی لڑکیاں ہیں۔ لڑکیاں جوان ہیں۔ لیکن وہ شباب ہی کیا جو تمہیں اپنی طرف نہ کھینچ لے، وہ عورت ہی کیا جس کی طرف ایک نظر دیکھنے کو جی نہ چاہے۔ عورت کے حسن میں

کشش ہونی چاہیے، اگر تم ایک بار دیکھ لو، تمھیں یہ محسوس ہو جائے کہ تم ایک زندہ، متحرک دائرے کے اندر کھڑے ہو، لیکن آشیانہ بلڈنگ میں حسن مُردہ ہے، شباب عنقا ہے، زندگی جامد ہے، میں سمجھتا ہوں کہ زندگی حُسن سے پیدا ہوتی ہے، خوبصورت چیز کو دیکھ کر خوبصورت بننے کو جی چاہتا ہے، یہاں تو بدصُورتی کا مقابلہ ہے، لڑکیوں کی ماں بیوہ ہے، اور اس نے اپنی بیوگی کے تمام قوانین اپنی لڑکیوں پر عائد کر رکھے ہیں۔ میں نے لڑکیوں کو کبھی مُسکراتے نہیں دیکھا، اُن کے گھر سے کبھی قہقہوں کی آواز نہیں آئی، گھر کے دروازے بند رہتے ہیں، اور جب کبھی مدراسن کے گھر کا دروازہ کُھلتا ہے، تو اس میں سے ایک بیوہ کا چہرہ تمھیں ڈھونڈھتا ہے، دو موٹی موٹی آنکھیں لمحہ بھر کے لئے چمکتی ہیں، پھر ایک جوان سڈول بازو آگے بڑھتا ہے، اور پھر یہ تمام جسم پیچھے حرکت کرتا ہے۔ تم نے بیوہ کا چہرہ نہیں دیکھا۔ چہرے پر نفرت کی جُھریاں ہیں، مٹتے ہوئے شباب کے آخری لمحے، بیوگی کی تلخیاں، زندگی سے انتہائی نفرت اور ایک نہ مٹنے والی پیاس اور تشنگی کا اظہار، جو اکثر مدراسن کی آنکھوں سے جھلکتا ہے۔ صرف مدراسن کی آنکھوں ہی سے نہیں، بلکہ اس کا پَرتو تم اُن جوان لڑکیوں کی آنکھوں میں دیکھ سکتے ہو، صرف آنکھوں میں ہی نہیں، بلکہ اس نفرت، اس پیاس، اس بھوک، اس تشنگی اور بیوگی کی تشکیل تم ان لڑکیوں کے جسموں میں دیکھ سکتے ہو۔ لڑکیاں اکثر خاموش اور اُداس رہتی اور ناریل کے درختوں کی طرف دیکھتی رہتی ہیں۔ ہم سب اپنے کمرے کی چابی ان مدراسنوں کو دے جاتے ہیں۔ اگر تم ان لڑکیوں کی جنسی بھوک کا اندازہ کرنا چاہو تو تم ایک دن کمرے کی چابی خود انھیں دینا، تمھیں معلوم ہو جائے گا کہ وہ کمرے کی چابی لینے کے لئے کتنی بے قرار رہتی ہیں۔ دروازہ اکثر بند رہتا ہے، آہستہ سے دروازہ کھٹکھٹاؤ، فوراً دروازہ کُھل جائے گا اور ایک بدصُورت چہرہ تمھاری طرف دیکھے گا۔

چہرہ' بالکل بدصُورت چہرہ، صاف سلیٹ کی طرح، جذبات سے عاری، نہ ہنسی، نہ خوشی، نہ غم، نہ زندگی نہ موت، بالکل بے حس، بے جان چہرہ، اور پھر ایک میلا گندا سا ہاتھ تمھاری طرف بڑھے گا، میری انگلیاں کئی بار غیر ارادی طور پر ان بدنُما انگلیوں سے مس ہوئیں، لیکن ایک بار ایسی دھڑکن پیدا نہ

جو ایک جوان لڑکی کے جسم سے مس ہو کر پیدا ہوتی ہے۔ ان سب لڑکیوں کی شکلیں ایک جیسی ہیں، اُن کے جسم اُن کے چلنے پھرنے کے انداز اُن کے دیکھنے کا طریقہ ایک ہی ہے۔ وہ تمھاری طرف بار بار دیکھیں گی، لیکن نگاہوں سے یہ پتہ لگتا ہے کہ جوانی میں شکست کا احساس ہو چکا ہے۔ مگر ان لڑکیوں کی تربیت، ان کا ماحول، ان کے رہنے سہنے کے طریقوں کو ایک نئی تربیت ایک نئی تشکیل دی جائے تو ممکن ہو سکتا ہے کہ یہی لڑکیاں آفت کا پرکالہ بن جائیں، اور اس سوئی ہوئی زندگی میں شعلہ بن کر چمکیں۔

اگرچہ ان کا رنگ سیاہ ہے، لیکن جوانی کو رنگ سے کیا نسبت۔ دور کیوں جاؤ، ہمارے محلے میں ایک اور لڑکی رہتی ہے جس کا رنگ بالکل ان مدراسیوں سے ملتا ہے، مگر اس کے حُسن میں کتنی کشش ہے، کتنی جاذبیت ہے، اس کا اندازہ میں ہی لگا سکتا ہوں۔ یہ لڑکی اکثر سفید ساڑھی پہنتی ہے، سیاہ رنگ اور سفید ساڑھی، سفید ساڑھی اور سیاہ رنگ ــــ، سیاہ رنگ سفید ساڑھی میں خُوب چمکتا ہے، خوب پھبتا ہے۔ لڑکی کو ساڑھی پہننے کا طریقہ خوب آتا ہے۔ جسم کا ہر خط اتنا واضح ہو جاتا ہے کہ لڑکی کو بار بار دیکھنے کو جی چاہتا ہے، ایسا معلوم ہوتا ہے کہ لڑکی ایک مصور ہے جو ساڑھی کو مصور کے بُرش کی طرح استعمال کر سکتی ہے۔ ایک ہلکا سا جھٹکا، کہ انسانی جسم نے ایک نئی طرز اختیار کی۔ وہ ہر روز ساڑھی بدلتی ہے، کبھی کبھی آسمانی جیسے ناریل کے سبز پتے، کبھی کبھی سُرخ جیسے شفق کی لالی، سرمئی، مٹیالا رنگ بدلتے ہیں، حُسن بدلتا ہے، جوانی بدلتی ہے، ہر چیز بدل جاتی ہے، لیکن لڑکی کا حُسن اسی طرح قائم ہے۔ آؤ، میرے قریب آؤ۔ وہی لڑکی آرہی ہے، لو وہ آرہی ہے اور آشیانہ بلڈنگ کے سکنڈ فلور کے رہنے والے بالکونی میں کھڑے ہو جاتے ہیں۔ لڑکی کے ہر قدم کی آواز اُن کے دل کی دھڑکن سے ہم آہنگ ہو رہی ہے۔ دُور کبوتر ہوا میں پرواز کرتے ہیں۔ ناریل کے پتے ہوا میں جھومتے ہیں، سُورج کی سنہری کرنیں بالکونی پر ناچتی ہیں۔ نگاہیں لڑکی طرف لپکتی ہیں، ساڑھی جسم سے چپکی ہوئی ہے۔ جسم کا ہر خط واضح ہے۔ پنڈلیوں سے اُوپر رانوں تک اور پھر کولھوں کا سنگم۔ کتنا دلفریب، کتنا دل کش ہے، مصور کو داد دو، اس کی حنائی اُنگلیوں کو چوم

لو۔ اگر چوم سکتے ہو۔ نظر کمر تک جاتی ہے، کمر پر زیادہ گوشت نہیں، اور پھر سینے کا پھیلاؤ، چھاتیوں کا زیر وبم ـــــ، اور سمندر لہریں مار رہا ہے، لہریں آتی ہیں، ساحل سے ٹکراتی ہیں اور واپس چلی جاتی ہیں، اور اوپر ـــــ ایک چھوٹا سا خوبصورت چہرہ، چھوٹے چھوٹے پتلے ہونٹ اور کسی کی زبان اُن پتلے ہونٹوں پر پھرتی ہوئی، نچلا ہونٹ کچھ کھنچا ہوا، آنکھیں سیاہ، پلکیں جوانی کے بوجھ سے جھکی ہوئی، یہ جانتے ہوئے کہ لوگ دیکھ رہے ہیں، لڑکی شرماتی نہیں، آنکھوں میں مستی ہے، کامرانی ہے۔ لڑکی کو احساس ہے کہ وہ اپنے حُسن سے لوگوں کو مسحور کر سکتی ہے۔ کتنا صحت مند احساس ہے، وہ آگے بڑھتی ہے، ہری چند اپنے بالوں پر ہاتھ پھیرتے ہوئے ایک آہ بھرتا ہے اور کہتا ہے، مار ڈالا۔ مار ڈالا۔ ہائے مار ڈالا۔ اور چٹرجی کی ہنسی جیسے مُردہ زندہ ہوگیا۔ اور اوتار سنگھ کا جھک کر دیکھنا اور رگھبیر کا شعر پڑھنا۔ زندگی چاندی عورت کے سوا کچھ بھی نہیں۔" اور پھر سب کا پیچھے ہٹ جانا اور کرسیوں پر بیٹھ کر گالیاں بکنا۔ خُدا کو تہذیب کو ـــــ، سرمایہ داروں کو، حکومت کو، ماں باپ کو، سب کو۔ رگھبیر کا عریاں ہو کر کمرے میں پاگلوں کی طرح چکر لگانا، چٹرجی کا کرسی میں دھنس جانا، اوتار سنگھ کا اپنی پگڑی اُتارنا اور لمبے لمبے بدبودار بالوں میں کنگھی کرنا ـــــ اور میرا لڑکی کی طرف دیکھتے رہنا ـــــ دیکھتے رہنا ـــــ یہاں تک کہ حُسن نظروں سے اوجھل ہو جاتا ہے، یہاں تک کہ شباب کی خوشبو ہوا میں گُم ہو جاتی ہے، اور کسی کے قدموں کی مدھم چاپ آہستہ آہستہ خاموش ہوتی جاتی ہے ـــــ اور صرف گالیوں کی آواز مکھیوں کی بھنبھناہٹ کی طرح دماغ سے ٹکراتی رہتی ہے، ابے او حرامزادے، ابے او اُلّو کے پٹھے ....

❖

دی بلیو پرنٹ

ڈیئر ایڈیٹر!

۲۲ ستمبر ۱۹۴۹ء

میں آپ کو ایک افسانہ کا مواد بھیج رہا ہوں، مجھے کاغذ کے یہ چند اوراق کہاں سے ملے۔ ان کا ہیں بعد میں ذکر کروں گا۔ پہلے میں آپ کو یہ بتا دوں کہ میں افسانہ نگار نہیں ہوں۔ ایک دفتر میں ایک معمولی سا کلرک ہوں۔ اس دفتر میں کلرکی کرتے ہوئے تیس برس گزر گئے ہیں۔ میری ایک بیوی ہے اور بدقسمتی سے میرے چھ بچے ہیں۔ میری تنخواہ اس وقت ایک سو بیس روپے ہے۔ پینتالیس روپے پر نوکر ہوا تھا۔ آج سے بیس سال پہلے۔ میرے دل میں تمنائیں تھیں۔ آگے بڑھنے کی آرزو تھی۔ ایک خوبصورت، صاف ستھرا گھر بنانے کی خواہش تھی۔ اسی جوش میں آکر شادی کر لی تھی۔ انہیں آرزوؤں کو پروان چڑھانے میں بیس برس گزر گئے اور میری حالت پہلے سے بھی ابتر ہوتی گئی۔ اور اب میں قبل از وقت بوڑھا ہو گیا ہوں۔ سر کے بال سفید ہو گئے ہیں، میری آرزوئیں بھی اب بوڑھی ہو گئی ہیں۔ جس کھولی میں میں رہتا ہوں وہاں نہ نل ہے نہ بجلی۔ رات کو Kerosene Oil کا لیمپ جلاتا ہوں اور دن میں سورج کی روشنی میں چلتا پھرتا ہوں۔ یہ مواد میں آپ کو کیوں بھیج رہا ہوں۔ اس کے بھیجنے کا مقصد صرف یہ ہے کہ اس شخص کی تمنائیں، آرزوئیں میری طرح کی تھیں۔ اس نے اپنی زندگی

Blue Print بنایا ہوا تھا۔ اور میں نے بھی۔ مجھے یہ شخص آرٹسٹ دکھائی دیتا ہے لیکن شاید زندگی نے ساتھ نہ دیا۔ حالات نے اسے موت کے منہ میں جا دھکیلا۔

یہ اس بھیانک رات کی بات ہے جب اس شہر میں ایک زبردست طوفان آیا تھا۔ رات کا وقت تھا کسی نے میرا دروازہ کھٹکھٹایا۔ میں اس وقت جاگ رہا تھا۔ میری بیوی جاگ رہی تھی اور میرے بچے رو رہے تھے۔ کچھ خوف کی وجہ سے اور کچھ بھوک سے، ہیں! میں نے ڈرتے ڈرتے دروازہ کھولا اور مجھے ایک کالا کلوٹا آدمی نظر آیا۔ اس نے مجھے باہر آنے کے لئے کہا۔ اور میں چپکے سے اس کے ساتھ ہولیا۔ جب ایک فرلانگ کا فاصلہ طے کرلیا، تو اس نے مجھے ایک جھونپڑی کی طرف اشارہ کیا۔ اور ہم دونوں اس جھونپڑی کے اندر چلے گئے اور باہر موسلا دھار بارش ہو رہی تھی۔ ہوا تیز اور تند تھی اور اندر چارپائی پر ایک شخص لیٹا ہوا تھا۔ اس کے سرہانے ایک لالٹین جل رہی تھی۔ میں نے قریب جاکر لیٹے ہوئے آدمی کی طرف دیکھا۔ ایسا معلوم ہوا کہ وہ سویا ہوا ہے۔ میں نے جگانے کی کوشش کی لیکن ساتھ والے آدمی نے اشارے سے کہا کہ وہ ہمیشہ کے لئے سو گیا ہے۔ سونے والے کے دونوں ہاتھوں میں چند اوراق تھے جو اس نے اپنے سینے کے ساتھ چمٹا رکھے تھے، جو میں آپ کو بھیج رہا ہوں۔ میں نے خود بھی ان کو پڑھ لیا ہے۔ لیکن میں چاہتا ہوں کہ سب لوگ پڑھیں میں نے وہ کاغذات لے لئے اور لاش پر چادر ڈال دی۔ چھت ٹپک رہی تھی۔ کمرے میں ایک چارپائی تھی، سرہانے کے قریب ایک ٹرنک تھا۔ دیواروں پر غالب، ٹیگور اور پریم چند کی تصویریں تھیں، جو کافی گندی اور میلی ہو گئی تھیں۔ یہ شخص کس طرح مرا، کیوں مرا، اس کی عمر کتنی تھی؟ غالباً مرنے والے کی عمر زیادہ نہ تھی۔ شاید پینتیس سے اوپر نہ ہوگا۔ لیکن چہرے سے صاف ظاہر ہوتا تھا کہ وہ کافی لاغر اور کمزور تھا میں نے وہ کاغذات اٹھا لئے اور صبح میونسپلٹی کو اطلاع دیدی ——

اور آج میں آپ کو یہ اوراق بھیج رہا ہوں۔ کاش میں افسانہ نگار ہوتا تو ان واقعات کو سامنے رکھ ایک افسانہ لکھتا اور لوگوں کو بتاتا کہ اس زندگی میں تمنائیں کس طرح کچلی جاتی ہیں اور آرزوئیں بھوتوں کا روپ دھار کر بڑھاپے میں زندگی حرام کرتی ہیں: ـــ

ذرا ٹھہر جائیے - میرا بچہ رو رہا ہے - اسے خسرہ نکل آیا ہے - بیوی راشن لانے کے لئے دوکان پر گئی ہوئی ہے - اس لئے میں بچے کو پہلے دودھ پلا آؤں - پھر خط ختم کروں گا -

۲۳ر ستمبر ۱۹۴۹ء -

اس دن میں خط ختم نہ کر سکا - بچہ متواتر روتا رہا - میں ڈاکٹر کے پاس گیا - وہاں سے دوائی لایا اتنے عرصے میں معلوم ہوا کہ باقی بچوں کے بھی خسرہ نکل آیا ہے - یہ کوئی چھوت چھات کی بیماری ہے - بچوں کو بخار تیز ہے - اگر آپ نے شادی کی ہوئی ہے تو آپ کو معلوم ہونا چاہئے کہ چھ بچوں کے باپ کی کیا حالت ہو سکتی ہے -

وہ اوراق میں نہیں بھیج رہا ہوں، ان کی نقل بھیج رہا ہوں - ممکن ہے آپ کو مواد پسند آئے یا نہ آئے - آپ اسے ردی کی ٹوکری میں پھینک دیں - آپ کوئی شاید جنسی افسانہ چھاپنا پسند کریں یا بڑے بڑے افسانہ نگاروں کے افسانے چھاپیں - اسی لئے میں ان اوراق کی ایک نقل بھیج رہا ہوں ---- تین چار جگہ میں نے چند لفظوں کا ردوبدل کیا ہے - اگر آپ مناسب سمجھیں تو ان الفاظ کو رکھیے گا، ورنہ آپ انھیں کاٹ سکتے ہیں ٭

The Blue Print

خواب گاہ :-

دیواروں پر گہرا آسمانی رنگ، تین دیواروں پر نیچے سے دیوار کی تقریباً دو تہائی اونچائی چھوڑ کر گز بھر کی شفق رنگ کی ایک پٹی، جس پر نگاہِ محبوب کی طرح جھکی جھکی ڈالیاں منقش ہوں اور سامنے والی دیوار پر صرف شفق رنگ کی پٹی جس کے وسط میں سورج آدھا نیچے نیلے رنگ کے سمندر میں ڈوبا ہوا نظر آئے - اس پٹی کی صرف نچلی لائن چاروں طرف دیواروں پر واضح ہوگی - اوپر کی نہیں - کیوں کہ اوپر کا نیلا رنگ آسمان کو ظاہر کرے گا جس میں شفق آسمان کے رنگ میں کھوئی ہوئی نظر آئے -

کمرے میں نیلی روشنی کا بلب ایک خوب صورت شیڈ کے ساتھ اور فرش پر دری،

دری پر شفق رنگ کا قالین۔

ایک طرف پلنگ بچھا ہوا۔ پلنگ کے ایک طرف ایک نازک سی میز پر ایک پیاری سی بلور کی طشتری میں موتیا، زرد یا سفید چمپلی یا مولسری کے پھول (جس کا بھی موسم ہو) ساتھ میں پانی کا ایک گلاس طشتری سے ڈھکا ہوا۔ اور ایک کتاب مطالعہ کے لیے رکھی ہوئی۔ پلنگ کے دوسری طرف ایک چوڑی سی میز پر ریڈیو رکھا ہوا سرہانے کے اتنے قریب کہ سوتے وقت ہاتھ بڑھا کے بند کیا جا سکے۔ ریڈیو پر لسنر پڑا ہو۔!

سرہانے سے گز بھر کی اونچائی پر دیوار میں ایک اور بجلی کا خوبصورت سا لیمپ لگا ہوا جو پلنگ پر جھکا ہوا ہو۔ لیمپ میں بھی نیلا بلب ہو، جس کا ہولڈر تکیئے کے نیچے رکھا ہو۔ تاکہ سوتے وقت ہاتھ بڑھانے کی بھی زحمت نہ کرنی پڑے۔

کمرے کے ایک کونے میں ایک طرف Latest ڈیزائن کا وارڈ روب، اور ایک طویل شو ہنگر۔

دوسرے کونے میں ایک جدید ترین وضع کی بڑی سنگار میز۔ اس پر سنگار کا سامان سجا ہوا۔ اور پاس ہی ایک ماڈل ہنگر۔

چوتھے کونے میں یعنی پلنگ کے متوازی لکھنے کی میز اور ایک آرام کرسی، میز کے اوپر دیوار میں ایک چھوٹا بک شلف چڑھا ہوا۔ جس کے پٹ شیشے کے ہوں۔ تاکہ ان میں رکھی ہوئی گنتی کی چند تازہ ترین کتابوں کے گرد پوشوں پر نام پڑھے جا سکیں، اور کسی کتاب کے ڈھونڈنے میں دقت نہ ہو۔

میز پر ماہوار رسالے انگریزی اور اردو زبانوں کے رکھے ہوئے، اور ایک گھڑی اور لکھنے کا سامان قرینے سے سجا ہوا۔ اور ایک الیکٹرک لیمپ نیلے بلب کا ایک نازک سے شیڈ کے ساتھ میز پر جھکا ہوا۔

بک شلف کے اوپر اور شفق رنگ کی پٹی کے نیچے چند ملکی رہنماؤں کی تصویریں لگی ہوں۔

میز پر شیشے کے نیچے اپنے پسندیدہ ادیبوں کے فوٹو رکھے ہوں۔

کھڑکیوں پر پردے شفق رنگ کے ہوں۔

پلنگ کا بچھونا:۔

گدے کے اوپر دری، اس پر نیلی سارٹن کی توشک اور توشک پر ریشمی کام کی چادر پائینتوں سارٹن کا لحاف۔ دو رنگا بیچ میں شفق رنگ، حاشئے کی نیلے رنگ کی پٹی اور گوٹ بھی شفق رنگ کی اور استر نیلے رنگ کا سرہانے دو تکیئے۔ تیتروں کے پروں کے۔ جن پر دلآویز کڑھے ہوئے غلاف چڑھے ہوں۔ پائینتوں کبھی نیلا اور کبھی گلابی سلکن لباس شب خوابی تہہ کیا ہوا رکھا ہو۔ ایک تکیئے کا غلاف نیلے رنگ کا ہو گا جس پر شفق رنگ پھول کڑھے ہوں گے، اور دوسرے تکیئے کا غلاف شفق رنگ کا ہو گا۔ اس پر نیلے پھول ہوں گے۔

دن کے وقت نیلی رنگی ہوئی ململ کا پلنگ پوش بستر پر پڑا رہا کرے، اور پائینتوں خرگوش کی کھال کی سلب رکھی رہے۔

ٹاول ہینگر:۔

تولیہ اور سلکن یا اونی نائٹ گاؤن پڑے ہوں نیلے اور شفق رنگ و موسم کے لحاظ سے۔

شو ہینگر:۔

دو درجن جوتے دو قطاروں میں ٹنگے ہوں۔ شو شائن اور برش پالشنگ کلاتھ ساتھ رکھا ہو۔

وارڈ روب کا سامان:۔

اس کے دروازوں میں اندر کی طرف دونوں جانب قدآدم شیشے لگے ہوں گے۔ اندر سے وارڈ روب لمبائی میں دو حصوں میں منقسم ہو، بیچ میں ایک پارٹیشن وال سے ہر ایک سوٹ اور شیروانی لٹکانے کے لئے قلابے لگے ہوں جن میں ہینگر لٹکائے جائیں گے اور نیچے سینے پرونے کا سامان رکھا ہو گا۔ اور ایک کیمرہ اور دوربین۔ دوسرے حصوں کو پھر دو حصوں میں تقسیم کیا گیا ہو ایک اس دفعہ چوڑائی میں۔ بیچوں بیچ، اوپر کے حصے میں دو درجن قمیصیں رکھی جائیں گی اور نیچے کے حصے میں دراز کی طرح کی ایک چیز لگی ہو گی، مگر اندر تختہ نہ ہو، بلکہ لکڑی کے چوبیس پتلے

پتلے رول سے ہوں، جن پر پتلونیں اور ٹائیاں لٹکائی جائیں گی۔ اور نیچے دو درجن رومال اور موزے بنیان اور انڈر ویئر اور تولئے رکھے ہوں گے۔

سنگار میز کا سامان :۔

چنبیلی کا تیل ، کنگھے ، برش ، پاؤڈر ، کریمیں ، لوشنز وغیرہ وغیرہ اس کی دراز میں نیل کٹر اور ٹائلٹ کا مزیدار سامان رکھا ہو۔

لکھنے کی میز کا سامان :۔

جدید قسم کا قلم دان ، پلاسٹک ، پنچ مشین ، پنز کوشن ، پیپر وئیس ، کلپس ، پیڈ اور اور لفافے ، فٹ رول ، پنسلیں ، کلینڈر ، ربڑ وغیرہ وغیرہ ۔

میز پر لکھنے کی جگہ ایک گز شیشے کی مستطیل ، اس کے نیچے اپنے ان دل پسند شعرا، افسانہ نگاروں اور نقادوں کی تصویریں رکھی ہوں :۔

غالب ٹیگور پریم چند اقبال فراق کرشن چندر

راجندر سنگھ بیدی سعادت حسن منٹو عصمت شاہد لطیف قرۃ العین حیدر

جوش مہندر ناتھ علی سردار جعفری کیفی اعظمی

میز پر دائیں ہاتھ کے کونے میں یہ رسالے چنے ہوں ۔

اردو ماہنامہ			انگریزی ماہنامہ		
ادب لطیف			موڈرن ریویو		
〃	〃	نگار	〃	〃	فلم انڈیا
〃	〃	جاوید	〃	〃	ساؤنڈ
〃	〃	ہمایوں	〃	〃	فلم پکٹوریل
〃	〃	پریت لڑی	〃	〃	ٹرنڈ
〃	〃	فسانہ	〃	〃	لائف
〃	〃	نقوش	〃		فوٹو پلے

" دو ماہی شاہراہ " اسپیشل اسکوائر

" " سویرا " " کوریر

(جب بھی نکلے) نیا ادب

میز کے سامنے والے بائیں ہاتھ کے کونے میں اپنے محبوبہ کا فوٹو۔

بک شلف کے اوپر کی فریم شدہ تصویریں:-

گاندھی جی، قائد اعظم، پنڈت نہرو، سبھاش بابو، راجہ جی، وجے لکشمی پنڈت، سروجنی نائیڈو۔

ڈرائنگ روم:-

سفید براق، دیواروں میں نیچے سے دو تہائی اونچائی پر ایک گز بھر کی ہلکے آسمانی رنگ کی پٹی پڑی ہوئی۔ اس ہلکے آسمانی رنگ کے پس منظر میں سبز بیلوں میں سفید پھول کھلے ہوئے، کمرے کے چاروں کونوں میں دیوار گیر اور ان میں آسمانی رنگ کے بلب لگے ہوئے، سامنے کی دیوار کی پوری لمبائی میں اور دائیں اور بائیں کی آدھی لمبائی میں شیشے کا ایک بڑا بک شلف جڑا ہو، دو خانوں والا۔ اس میں ایک اپٹوڈیٹ ادبی لائبریری سجائی جائے گی۔ جو اردو اور انگریزی دونوں زبانوں کی مستند کتابوں پر مشتمل ہوگی۔ بک شلف کے اوپر بدھ کا اور گاندھی جی کا مجسمہ رکھا ہوا۔ ان کی پیشانیوں سے ارغوانی رنگ کی بجلی کا نور پھوٹ رہا ہو۔ اور ان سروں کے بیچ اسی رنگ کے ہالے ہوں اور ان دونوں کے بیچ میں تاج محل دکھا ہو اس میں سے دودھیا روشنی پھوٹ رہی ہو۔

فرش پر دری اور دری پر آسمانی رنگ کا قالین، کمرے میں دروازے کے سامنے آسمانی رنگ کے چمڑے کے کور کا صوفہ سیٹ پڑا ہو۔ دائیں اور بائیں دونوں طرف کی دیواروں کے ساتھ دیوان رکھے ہوئے، آسمانی کورز والے۔

بیچ میں ایک گول میز، شیشے کی سطح والی اور چھ کرسیاں، میز کے اوپر چھت سے لٹکتا ہوا ایک چاند تارا، بجلی کی روشنی کا آسمانی بلب، اور میز پر روزانہ اور ہفتہ وار اخبارات۔

دو انگریزی روزانہ اخبار

ہفتہ وار (اردو) شاعر اور (انگریزی) بلٹز، مارچ، انڈیا اور السٹرٹیڈ ویکلی۔

کمرے کی دیواروں پر اس آسمانی رنگ کی پٹی کے نیچے چاروں طرف چغتائی آرٹ اور خوبصورت سین، سینری کی تصاویر نازک فریموں میں جڑی ہوئی۔

کمرے کے چاروں کونوں میں، اونچے اونچے اسٹینڈز پر گلدان جن میں موسم کے پھول رکھے ہوں۔

ڈرائینگ روم:۔

سادہ فرش اور سادہ دیواریں

کمرے میں پارٹیشن کرٹن پڑا ہوا۔

پردے کے پیچھے سوٹ کیسز میں غیر موسمی کپڑے، ہولڈال، برساتی چھتری، گم بوٹس، چھڑی اور گھر کا تمام سامان قرینے سے رکھا ہوا اور دو بڑے جستی صندوق جن میں موسم سرما گزرنے پر اون اور روئی کے کپڑے اور دیگر اشیاء محفوظ رکھی جائیں گی۔

ڈرائنگ روم میں پردے کے آگے ایک طرف دیوار کے ساتھ شیشے کی ایک الماری جس میں ظروف رکھے ہوئے ہوں۔ پلیٹیں، چمچے، کانٹے، ڈشیں، چائے کے سیٹ، گلاس وغیرہ وغیرہ۔

دوسری طرف ایک شیشے کی الماری میں سرکہ، اچار، مربے، چٹنیاں اور پھل وغیرہ رکھے ہوں۔

پردے کے آگے وسط میں ایک میز۔ اس پر ایک ریکارڈز کبرڈ اور ایک گراموفون، کبرڈ میں کلاسیکل اور فلمی دونوں طرح کے چیدہ چیدہ ریکارڈ رکھے ہوں گے۔

ڈرائنگ روم کے وسط میں ایک چوکور میز، کھانا کھانے کی اس پر ایک سفید براق میز پوش بیچ میں گلدان، سرخ پھولوں کا۔ اور گلاسوں میں سفید نیپکنز رکھے ہوئے اور نمک اور کالی مرچوں کی شیشیاں مسٹرڈ پوٹ۔

کمرے کی دیواروں پر فوٹو گرافی کے چند اچھوتے نمونے۔

باتھ روم:-

پھول دار ٹائل، سفید دیواروں کی ایک تہائی اونچائی تک۔

وسط میں ایک دودھیا رنگ کا بلب لٹکتا ہوا۔

ٹب اور شاور لگا ہوا۔

ایک کونے میں دیوار کے ساتھ شیشے کی ایک مستطیل لگی ہوئی۔ اس پر ٹوتھ پیسٹ اور برش اور شیونگ کا اور نہانے کا تمام سامان رکھا ہوا۔ معہ کھلی کے ڈبے کے۔

شیشے کی مستطیل کے ساتھ دیوار میں آئینہ جڑا ہوا اور ایک طرف کھونٹیاں لگی ہوئی، کپڑے لٹکانے کے لئے۔

گھر کے سامان کی فہرست، قیمتوں کے ساتھ:-

خواب گاہ:-

دیواروں پر رنگ روغن ۲۰۰ روپے، فرشی دری ۴۰ روپے، قالین ۳۰۰ روپے، پلنگ ۱۰۰ روپے، مکمل بستر ۴۰۰ روپے، دو ڈریسنگ گاؤن ۵۰ روپے، خرگوش کی کھال کے چپل ۲۰ روپے، کتاب، پانی کا گلاس اور پھول رکھنے کی میز ۳۰ روپے، ریڈیو کی میز ۷۰ روپے ریڈیو ۵۰۰ روپے، وارڈروب ۶۰۰ روپے، شو ہینگر ۲۰ روپے، سنگار میز ۴۰۰ روپے، ٹاول ہینگر ۲۰ روپے، کیمرہ ۳۰۰ روپے، دوربین ۲۰۰ روپے، دو دو درجن سوٹ اور دوسرا لباس ۴۸۰۰ روپے، لکھنے کی میز معہ اسٹیشنری کے ۲۴۰ روپے، چھوٹا بک شلف ۷۵ روپے، دو الیکٹرک لیمپ معہ شیڈ کے ۱۰۰ روپے، تصویروں کے فریم ۵۰ روپے، میزان ۸۵۲۵ روپے۔

ڈرائنگ روم:-

دیواروں پر رنگ روغن ۲۰۰ روپے، فرشی دری ۳۵ روپے، قالین ۳۱۵ روپے، چار دیوار گھڑی ۲۰۰ روپے، کتابیں ۵۰۰ روپے، بڑا بک شلف، شیشے کا کتابوں کے

لئے ۵۰۰ روپے، مرمر کا تاج محل، بدھ اور مہاتما گاندھی کے مجسمے ۵۰۰ روپے۔ دو دیوان ۶۰۰ روپے، صوفہ سیٹ ۵۰۰ روپے، بیچ کی گول میز ۲۵۰ روپے، آٹھ کرسیاں ۲۵۰ روپے۔ چاند تارا ۱۵۰ روپے، تصویروں کے فریم ۵۰ روپے، چار بڑے گلدان معہ اسٹینڈ کے ۱۲۵ روپے میزان ۴۱۷۵ روپے۔

ڈائننگ روم :۔

میز اور کرسیاں ۱۵۰ روپے، شیشے کی الماریاں ۱۰۰۰ روپے، چینی کے ظروف اور کھانے کا دیگر سامان ۳۰۰ روپے، گراموفون معہ اس کی میز کے اور ریکارڈ معہ کبرڈ کے ۶۷۰ روپے، سٹور روم کا سامان ۵۰۰ روپے۔ میزان ۲۶۲۰ روپے۔

باتھ روم :۔

دیواروں کے ٹائل ۱۵۰ روپے، ٹب اور شاور ۳۰۰ روپے، واشنگ بیسن ۲۰۰ روپے، نہانے کا سامان ۳۰ روپے، میزان ۶۸۰ روپے

جملہ اخراجات :۔	خواب گاہ	۸۵۲۵ روپے
	ڈرائنگ روم	۴۱۷۵ روپے
	ڈائننگ روم	۲۶۲۰ روپے
	باتھ روم	۶۸۰ روپے
	میزان	۱۶,۰۰۰ روپے

روزانہ پروگرام :۔

صبح کاذب کے وقت اٹھنا، ضرورت سے فارغ ہو کر ہوا خوری کو چل دینا، سیر سے آکر جمناسٹک کرنا، زور کر چکنے کے بعد رات کے پانی میں بھیگے ہوئے چوبیس باداموں کے چھلکے اُتار کر انھیں مصری کے ساتھ رگڑ کر چاٹنا، پھر آرام کرسی پر لیٹ کر اخبار پڑھنا۔ آٹھ سے سوا آٹھ تک کی خبریں، ریڈیو پر سُننے کے بعد نہانے جانا۔ نہانے کے

بعد ناشتہ ہوگا۔

ناشتہ یہ ہوگا:۔

موسم گرما:۔ ایک پاؤ پیڑوں کی لسی کا گلاس یا ایک پاؤ دہی کا ادھ رڑ کا، مٹھڑیوں کے ساتھ۔

موسم سرما:۔ آدھ سیر گرم گرم دودھ میں آدھی ٹکیہ مکھن، اس کے ساتھ دو ٹوسٹ یا دو چھوٹے چھوٹے نمکین پراٹھے اور کوئی سبزی۔

نو بجے ناشتے سے فارغ ہوکر دفتر چل دینا۔

ساڑھے نو بجے سے ایک بجے تک دفتر۔

ایک بجے دفتر سے گھر آکر کھانا کھانا۔

کھانا یہ ہوگا:۔

پہلے شوربہ، پھر چاول، دال اور کسی سبزی کے ساتھ۔ پھر روٹی، گوشت (کبھی بھنا ہوا، کبھی گوشت مسالے میں، کبھی لعاب پراتر ہوا) کبھی قیمہ تو کبھی پسندے۔

کھانے کے ساتھ آدھ پاؤ دہی، سلاد اور کچے شلجم یا چقندر بھی ہوں گے۔

آخر میں کچھ موسمی پھل بھی کھائے۔

اور چلتے چلتے کچھ مٹھائی چکھ لی۔

کھانے کے دوران میں سنگیت ضرور ہونا چاہئے۔ ریڈیو پر ہو تو ٹھیک، نہیں تو گراموفون ریکارڈ ہی سہی۔

کھانا کھا کے واپس دفتر۔

دو بجے سے ساڑھے چار بجے تک دفتر میں کام کرنا۔ دفتر سے سیدھے گھر پہنچنا۔ پانچ بجے ایک بڑا گلاس سنگترے یا موسمی کے رس کا پینا۔ وہ نہ ہو تو گنے کے رس کا گلاس، نہیں تو ناریل کا پانی ہی سہی۔

اسے پی کر لکھنے پڑھنے بیٹھ جانا۔

ادھر دن ڈھلا اور سیر کرنے نکل گئے یا کسی سینما میں ہی جا بیٹھے۔

نو بجے رات کو گھر پہنچ گئے، ریڈیو پر خبریں سنیں، پھر کھانا کھانے بیٹھ گئے۔ کھانا یہ ہوگا۔

پہلے شوربہ۔ پھر روٹی ایک سبزی کے ساتھ۔

اس کے بعد چاول، ایک شوربے دار سبزی اور دال کے ساتھ۔

رات کے کھانے میں گوشت نہیں ہوگا۔ اور دہی بھی نہیں، صرف سلاد ہوگا۔

اس کے بعد کچھ انگور اور انار اور چند دوسرے تازہ پھل۔

اور آخر میں ایک میٹھی ڈش۔

کھانا کھانے کے بعد ریڈیو بند کر دیا اور پڑھنے بیٹھ گئے۔

اِدھر دس بجے کہ کتاب بند اور ریڈیو آن۔

ساڑھے دس بجے آدھ سیر گرم گرم میٹھا دودھ خوب سی ملائی کے ساتھ پیا اور بچھونے میں ریڈیو دھیما کر دیا۔ اور اس پر مدھم مدھم سروں میں موسیقی سنتے رہے، اور پھر سنتے ہی سنتے سو گئے۔ لیکن ریڈیو بند کر کے۔ نہیں تو آدھی رات کے وقت ماتا جی کو اُٹھ کر بند کرنا ہوگا۔ اور پھر صبح وہ پھٹکاریں گی۔ لیکن ماتا جی وہاں کہاں ہوں گی۔ ورنہ ان کے پھٹکارنے میں بھی تو مزا آتا ہے۔

یہ تو ہوا روز کا پروگرام۔ اب رہا اتوار، اس کا پروگرام یہ ہوگا:۔

حسب عادت صبح سویرے اُٹھے۔ سیر کو گئے۔ جمناسٹک کی۔ پھر بادام چلائے۔ گھنٹہ بھر اخبار دیکھا۔

اور بجائے ناشتہ کرنے کے آدھ سیر دودھ میں دو کچے انڈے پھینٹ کے پی گئے اور پھر جو لکھنے بیٹھے ہیں تو ایک بجے تک لکھتے ہی رہے۔

لکھنے سے فارغ ہو کر نہائے، ریڈیو آن کر دیا اور سنگیت کی بوچھاڑ میں کھانا کھانے

بیٹھ گئے۔ اتوار کو کھانا خصوصی ہوگا۔یعنی :۔

دہی کی بریانی اور مرغی کا سالن ،یا مرغ پلاؤ اور قورمہ۔ (مرغی کے بجائے کسی ہفتے تیتر، کسی ہفتے بٹیر اور کسی ہفتے کبوتر)

اور آخر میں زردہ ،فرنی کے ساتھ ،جس پر پستے کی ہوائی پڑی ہوئی ہو یا بڑی شبرہال کے ساتھ۔

کھانا کھا کر سو رہے

دن ڈھلے ہفتے بھر کا کسل دور کر کے سو کے اُٹھے۔

بنے سنورے اور سیر گشت کو نکل کھڑے ہوئے۔

حسب معمول نو بجے گھر لوٹے ،خبریں سنیں اور کچھ پڑھنے بیٹھ گئے۔

اتوار کی رات کو کھانا نہیں کھانا۔اس طرح ہفتے میں ایک وقت کا فاقہ جسم میں فاسد مادّے کو پیدا نہیں ہونے دیتا۔

لہٰذا ساڑھے دس بجے حسب معمول دودھ پیا اور بستر میں دبک گئے۔اور ریڈیو سُنتے سُنتے گیارہ بجے سو گئے ،تاکہ آنے والے ہفتے میں زندگی کی گہما گہمی کا پیر کی صبح تازہ دم، ہشاش بشاش اٹھ کے خیر مقدم کریں۔

مرنے والے کا نام کیا تھا۔یہ اس رات معلوم نہ کر سکا۔ دوسرے دن میں پھر اس کے کمرے میں گیا۔ٹرنک کھولا۔ کچھ خط ملے جن پر اس کا نام اور ایڈریس درج تھا۔مرنے والے کا نام ہربنس لال تھا۔ راولپنڈی میں پیدا ہوا۔ نوکری کی تلاش میں بمبئی آیا۔بمبئی میں دس برس رہا۔ شادی نہیں کی تھی (شاید توفیق نہ ہوئی) عمر پینتیس برس !

میں یہ سب باتیں اس لئے لکھ رہا ہوں کہ یہ شخص عین جوانی میں مر گیا۔یہ صرف ایک شخص کی موت کی داستان نہیں ہے اس موت میں میری موت بھی شامل ہے۔ ہزاروں کروڑوں انسانوں کی موت

شامل ہے۔ کیا کوئی ایسا انتظام نہیں، جس میں ہر بنس لال کی خواب گاہ بن سکے۔ جہاں وہ اپنا پلنگ بڈروم کے لیے خرید سکے۔ سنگار میز، لکھنے کا سامان، ڈرائنگ روم، باتھ روم اور تمام چیزوں کو کھاپی سکے۔ جس کا ذکر اس Blue Print میں کیا گیا ہے۔

کیا میں امید کر سکتا ہوں کہ آپ میرے خط کا جواب دیں گے؟

نوٹ:۔ اگر آپ اس کہانی کا نام Blue Print ہی رکھیں تو اچھی بات ہوگی۔

آپ کا خیر اندیش

رونق لال

قصبہ بوری ولی۔ کھولی نمبر ۱۳

سارے جہاں سے اچھا ہندوستاں ہمارا

علامہ اقبالؔ

رہنے کو گھر نہیں ہے سارا جہاں ہمارا

ساحرؔ لدھیانوی

دو بیل

رات آخری ہچکیاں لے رہی تھی، اور دور مشرق میں افقی لکیر پر روشنی جاگ رہی تھی ۔ جُوں جوں وقت گزرتا جاتا تھا ۔ کرۂ ارض پر سورج کی ہلکی سفید روشنی چھا رہی تھی ۔ بوڑھے احمد نے کھڑکی کھولی اور جھانک کر سامنے نگاہ دوڑائی، پورے بیس دن کے بعد اس نے اس کھلے میدان کو دیکھا تھا ۔ وہ اپنی زندگی میں بہت کم بیمار ہوا تھا، غریبی میں بیماری آجائے تو سمجھو کر غریب موت کی نذر ہوا ۔ جو آدمی دن بھر کام کرے صبح سے لے کر شام تک سڑک پر پتھر کوٹتا رہے، یا دن بھر کسی فیکٹری میں گذارے، یا گندی نالیوں کو صاف کرے، بھلا وہ بیمار ہو جائے تو اس کی تیمار داری کون کرے ۔ اور تیمار داری کے لئے روپیہ چاہئے ۔ اور روپے کے لئے محنت ۔ بیماری میں محنت کب ہو سکتی ہے

بوڑھے احمد نے اٹھنا چاہا، لیکن ٹانگیں لڑکھڑا گئیں ۔ بدن میں سنسنی سی دوڑ گئی ۔ اور کانوں میں سائیں سائیں کی سی آوازیں آنے لگیں ۔ کھانسی زکام اور تیز بخار نے اس کا تمام خون چوس لیا تھا ۔ اور اب وہ اس گنّے کی طرح سوکھا اور سکڑا ہوا معلوم ہوتا تھا ۔ جس کا رس نچوڑ لیا گیا ہو، بدن ہڈیوں کا ڈھانچہ رہ گیا تھا ۔ اور چہرے پر سیاہی مائل رنگت چھا گئی تھی ۔ گو آج بخار اور زکام سے آرام تھا ۔ لیکن کھانسی بدستور تھی ۔ یہ سالی کھانسی نہیں چھوڑتی ۔ کسی دن جان لے کر رہے گی، اور کھانستے کھانستے اس کی چھاتی دُکھنے لگتی ۔ آنکھیں انگارے کی طرح لال ہو جاتیں، اور چہرے پر زردی

چھاجاتی، لیکن آج بوڑھے احمد کو کچھ افاقہ تھا۔ کھڑکی سے مُڑکر اس نے کمرے پر نگاہ ڈالی، کمرے کی حالت دیکھ کر اسے بہت کوفت ہوئی، ہر طرف پھٹے پُرانے کپڑے، ٹوٹے ہوئے برتن، پھٹی ہوئی دریاں، گندے لحاف اور ہر طرف اس کی بلغم کے نشان، کمرے کی دیواروں پر، زمین پر، کپڑوں، برتنوں پر، وہ کیا کرتا رہا ہے۔ سوائے تھوکنے کے اسے کوئی کام نہ تھا۔ اس نے باہر کھڑکی سے جھانک کر دیکھا، آسمان کتنا صاف اور نیلا تھا، دور مشرق کی طرف سفید براق بادل ہوا میں تیر رہے تھے، ہوا کتنی خوشگوار اور بھلی معلوم ہوتی تھی۔ گو وہ اس ہوا سے بچنا چاہتا تھا، کیوں کہ ہوا ٹھنڈی تھی، اس لئے اسے اندیشہ لاحق تھا کہ کہیں بیماری کا دوبارہ حملہ نہ ہو جائے یہ موذی نمونیہ کمرے کی اس غلاظت اور گھٹے ہوئے ماحول کو دیکھ کر بڑھے گا احمد کو اپنے افلاس کا تلخ احساس ہوا، اسے معلوم ہوا کہ آج اس کا دیوالہ نکل گیا ہے، اور شاید یہ ٹھیک بات تھی۔ اس بیماری میں اس کا تمام اثاثہ لگ گیا۔ پہلے اس کا اثاثہ تھا ہی کتنا صرف چند روپے یا بانو کے گہنے، بانو نے اس دفعہ اپنی چاندی کے گہنوں کو بھی بیچ دیا تھا، بیچاری بانو! اگر بانو نہ ہوتی تو وہ کب کا قبر میں ہوتا۔ بچاری نے کتنی تن دہی سے اس کی تیمارداری کی تھی، دن رات ایک کر دیا تھا، کئی راتیں جاگ کر کاٹیں دوا دارو خود لاتی رہی، اس رات کو وہ کب بھول سکتا ہے۔ جب اس کے سینے میں زبردست درد اُٹھا تھا، ایسا معلوم ہوتا تھا کہ اس کے پھیپھڑوں میں ایک خنجر چبھو دیا گیا ہے، رات کے اندھیرے میں اس نے اپنے آپ کو قابو میں لانا چاہا، لیکن درد بڑھتا گیا، آخر وہ چلّانے لگا، اور بچاری بانو خدا اس کی عُمر دراز کرے وہ غریب رات کے دو بجے جاکر دوا لائی، اور اسے دوا پلائی، تب جاکر کہیں آرام ہوا، کتنا ایثار ہے، کتنی بے لوث محبت ہے، بچاری بانو کو اس افلاس نے اسے کتنا نحیف کر دیا ہے۔ ایسا معلوم ہوتا ہے کہ غُربت کے بے رحم خُدا نے اس کے جسم کی تمام خوبیوں کو فنا کر دیا ہے۔ اس کی آنکھوں کے سامنے پچیس سال پہلے کی تصویر کھنچ گئی ـــــ جب بانو پہلی بار اس کے گھر میں دلہن بن کر آتی تھی، وہ لال رنگ کا لہنگا پہنے ہوئے تھی، اور پیازی رنگ کی انگیا، اور یہ لمبا گھونگھٹ، جس میں اس کی شوخ نگاہیں اسے جھانک رہی تھیں۔ اس کے آنے سے گھر میں پیسے کی ریل پیل ہو گئی تھی، بھلا گھر میں لکشمی آئے

اور دولت مند نہ چوہے۔ اتنا کام کہنے کو ملتا تھا، کہ اسے کام سے انکار کرنا پڑتا تھا۔ اور بانو کا بھرا بھرا سا جسم بانہوں کا گداز پن اور چہرے کے متناسب خدوخال، گو اس کا رنگ کالا تھا لیکن وہ کون سا گورا چٹا تھا، اور پھر اس کی آواز میں اتنی مٹھاس تھی، جو اس نے چاوڑی بازار کی طوائفوں میں بھی نہ پائی تھی، اور آج بانو کیا رہ گئی ہے، ہڈیوں کا ایک ڈھانچہ، آنکھوں کی چمک غائب، بانہوں کا گداز معدوم، آواز میں کرختگی اور چال میں نقاہت، بوڑھا احمد کچھ سوچ ہی رہا تھا، کہ کسی کے پاؤں کی آہٹ آئی، سامنے دیکھا تو بانو کھڑی تھی، ایثار اور محبت کا مجسمہ حسین اور خوبصورت جوان اور رسیلی، بوڑھے احمد نے اپنے سر کو زور کا جھٹکا دیا، اور آنکھوں کو اپنے ہاتھوں سے ملا، اور پھر بانو کی طرف آنکھیں پھاڑ پھاڑ کر دیکھنے لگا۔

"جانتے ہو آج کھانے کے لئے کچھ بھی نہیں ہے، بچہ صبح سے رو رہا ہے، اور تم بستر پر سے ....."

"بانو میرے قریب آؤ"

"کیوں کیا کہتے ہو"

"یہی کہ میں چھکڑا لے کر بازار میں جاؤں گا۔ میں سسک سسک کر مرنا نہیں چاہتا۔"

بانو نے گردن ایک طرف جھکالی، اور آنکھوں سے آنسو ٹپ ٹپ گرنے لگے۔ اور پھر سسکیاں بھر کر رونے لگی۔

"میرے پاس جو کچھ تھا تمہاری بیماری پر لگا دیا۔ حتیٰ کہ اپنے گہنے بیچ ڈالے، اب کیا کروں، کہاں جاؤں، بازار میں گئی تھی کہ کوئی کام مل جائے، لیکن بڑھیا کو دیکھ کر کون دیتا ہے، چھکڑا چلانا تو آتا نہیں، ورنہ خود چلی جاتی ....." اتنا کہہ کر وہ چپ ہو گئی۔

"بانو گھبراؤ مت، جب تک زندہ ہوں، تم بھوکی نہ رہوگی۔ اللہ کی قسم جب تم روتی ہو تو میرا کلیجہ چھلنی ہو جاتا ہے، اور اگر تم زیادہ روئیں تو میں چھکڑا لے کر باہر چلا جاؤں گا۔"

"لیکن تم جاؤ گے کس طرح، کیا چھکڑا چلاؤ گے کیا اتنی طاقت ہے؟"

"آخر کیا کیا جائے بھوک سے مرا تو نہیں جاتا۔"

اتنا کہہ کر بوڑھا احمد اُٹھ کھڑا ہوا، اس کی بوڑھی رگوں میں ایک توانائی سی آگئی۔ گھر میں بھوک سے سسک سسک کر مرنے سے یہ بہتر ہے کہ ان بوڑھے ہاتھوں سے کچھ کام کیا جائے۔ جب وہ گھر سے باہر نکلا تو اس کی نگاہ اپنے بیل پر پڑی جو میدان میں ننگ دھڑنگ کھڑا تھا وہ اس درخت کی طرح تھا، کہ جس کے سائے تلے ہزاروں سستاتے تھے۔ لیکن اسے کوئی فائدہ نہ پہنچاتے ہوں۔ بیل دو دن سے بھوکا تھا۔ مالک کو دیکھ کر اس نے کان کھڑے کئے، بیل کے نتھنے پھول گئے، ٹانگیں ہلنے لگیں۔ اور دُم کو اپنے کھُردرے جسم پر پھیرتے ہوئے اس نے امید بھری نظروں سے بوڑھے احمد کی طرف دیکھا جیسے کہ وہ کہہ رہا ہو، کچھ تو دو۔ دو دن کا بھوکا ہوں۔ لاؤ کیا لائے ہو۔

بوڑھا احمد بیل کے پاس جاکر چُپ چاپ کھڑا ہو گیا۔ وہ نہیں سمجھتا تھا کہ وہ اس بے زبان جانور سے کس طرح اپنے دل کا حال کہے احمد نے بیل کی آنکھوں میں نمی کی جھلک دیکھی۔ اس کا دل کانپنے لگا۔ وہ کیا کرے۔ اس بیل نے زندگی بھر مدد دی ہے، یہ بیل کبھی بیمار نہیں ہوا۔ اور ہمیشہ کام کرتا رہا ہے۔ لیکن یہ بھی دو دن سے بھوکا ہے۔ اس کی آنکھوں میں آنسو ہیں آنسو ہیں، شاید اس کے ایمان کی دیواریں بھی شکستہ ہو گئی ہیں۔

بوڑھے احمد کو اس بیل سے بہت محبت تھی۔ یہ بیل اس کا روزی رساں تھا۔ یہ ابھی بچھڑا ہی تھا کہ احمد نے اسے خرید لیا تھا۔ بوڑھے احمد نے اسے اپنے ہاتھوں سے کھلایا۔ پلایا۔ پالا پوسا۔ اور بڑا کیا۔ جب تک احمد کی زندگی میں بانو وارد نہ ہوئی تھی، احمد بیل کو منو کہہ کر پکارتا تھا اسے اس بیل سے محبت سی ہو گئی تھی، ایک محبوبانہ محبت۔ جس دن احمد پیسے زیادہ کماتا۔ تو وہ منو کو خوب کھلاتا۔ اس کے جسم پر مالش کرتا اور اس سے ہنس کر باتیں کرتا۔ اور جب کبھی رات کی تاریکی میں وہ اکیلا ہوتا، تو منو کے پاس چلا جاتا، اور گھنٹوں اس کے پاس بیٹھتا۔ کبھی کبھی منو اس کے سر کو چاٹنے لگتا تھا۔ جیسے کوئی نرم نرم انگلیوں والی لڑکی اس کے سر کو سہلا رہی ہو۔ لیکن بانو کے آنے سے اس کی زندگی میں ایک نمایاں تبدیلی پیدا ہو گئی تھی۔ لیکن اس جانور اور احمد کے درمیان جو محبت کا رشتہ

پیدا ہو گیا تھا، وہ ٹوٹنے کا نہ تھا، گو وہ منو کو اب اس شدت سے پیار نہ کر سکتا تھا کیوں کہ بانو کی رسیلی باتیں منو کی ابدی خاموشی سے کئی درجے بہتر تھیں۔ وہ یہی باتیں سوچ رہا تھا، کہ بیل نے پیر مارنے شروع کئے۔ شاید وہ کہہ رہا تھا "بوڑھے میاں ماضی کے اوراق کیوں پلٹتے ہو، جانے دو۔ مجھے بھوک لگی ہے۔ تم کس سوچ میں ہو؟"

احمد نے بیل کو چھکڑے میں جوتا۔ اور بیل چھکڑے کو آہستہ آہستہ کھینچنے لگا۔ نہ بوڑھے احمد میں اتنی ہمت تھی، کہ بیل کو تیز کر دیتا۔ اور نہ بیل میں اتنی سکت تھی کہ لمبے لمبے ڈگ بھرتا سورج نصف النہار پر آچکا تھا، گو سردیوں کے دن تھے، لیکن کافی گرمی ہو گئی تھی۔ بوڑھے احمد کے کھلے جسم میں یہ دوپہر کی کڑکتی دھوپ بجلی کی مانند سرایت کرنے لگی۔ اس کے تمام جسم پر چیونٹیاں سی رینگنے لگیں۔ شاید یہ دھوپ کا اثر تھا۔ وہ منٹو روڈ سے ہوتا ہوا اسٹیشن کی طرف بڑھا، پاس سے ایک جوان خوبصورت گھسیارن سُرخ لہنگا پہنے ہوئے گذری۔ چال میں بلا کی شوخی، آنکھوں میں بے پناہ کشش۔ وہ دیر تک گھسیارن کو دیکھتا رہا۔ حتیٰ کہ وہ نظروں سے اوجھل ہو گئی۔ اس نے سوچا کبھی میری بانو بھی ایسی ہی تھی۔

بوڑھے احمد نے دور سے آنیوالے ایک چھکڑے کیطرف نگاہ ڈالی چھکڑا سنیری سے بھرا ہوا تھا۔ سنیری کو دیکھتے ہی بیل کے قدموں کی رفتار تیز ہو گئی۔ بوڑھے احمد نے بیل کو پچکارتے ہوئے کہا "یہ سنیری تمھارے لئے نہیں یہ سنیری انسانوں کیلئے ہے"

متواتر چار گھنٹے تک بوڑھا بیل کو ہانکتا ہوا اِدھر اُدھر کام کے لئے گھومتا رہا، دھوپ میں چلنے پھرنے سے اس کا بوڑھا دماغ چکرا گیا تھا۔ اس بیماری نے پھیپھڑوں کو دماغ تک کو کمزور کر دیا تھا۔ صبح سے اس نے کچھ کھایا نہیں تھا۔ بیماری کی کمزوری اور نقاہت کیا کم تھی، کہ بھوک اور فاقے نے اسے نڈھال کر دیا۔ اب شام ہونے کو تھی۔ ہوا میں خشکی سی آگئی تھی، کبھی کبھی جب ٹھنڈی ہوا اس کے سینے سے ٹکراتی تو اسے کھانسی کا دورہ پڑ جاتا۔ اور وہ چھکڑے پر ہی کھانسے لگتا۔ حتیٰ کہ اس کی آنکھیں باہر نکل آتیں، مُنھ انگارے کی طرح گرم ہو جاتا۔ اور کنپٹیاں جلنے لگتیں اور بیچارا بیل حیران ہو جاتا۔ کہ آج میرے مالک کو کیا ہو گیا ہے۔

جوں جوں شام کی تاریکی بڑھتی جاتی، اس کے دل کی اداسی بڑھتی جاتی تھی، بوڑھے احمد کو روشنی اچھی لگتی تھی، یہ اندھیرا، یہ ابدی اندھیرا، زندگی کو تاریک کر دیتا ہے، پھیپھڑوں کو جلا دیتا ہے، ہوا کو غلیظ کر دیتا ہے، محبت کو بے زبان اور جوانی کو بوڑھا کر دیتا ہے، یہ اندھیرا نہیں، موت کی نشانی ہے، اسے روشنی اچھی لگتی ہے۔ اور وہ روشنی میں کام کر سکتا ہے لیکن آج کام نہیں ملتا، لوگ کہتے ہیں جنگ زوروں پر ہے، روزگار عام ہے، یہاں سے مال باہر جاتا ہے، باہر سے مال یہاں آتا ہے، لیکن پھر بھی کام نہیں ملتا، اور بھی ٹھگو تو کہتے تھے کہ آج کل چھکڑے والوں کی ریل پیل ہے۔ آدمی کام کرنے والا ہو دن میں بیسیوں روپے کما سکتا ہے۔

شام کی تاریکی رات کی سیاہی میں تبدیل ہوگئی، آسمان پر ستارے چمکنے لگے، سڑکوں پر بجلی کے قمقمے روشن ہوگئے، اور اب بوڑھے احمد نے سوچا کہ اسے واپس گھر چلنا چاہئے۔ کہیں ایسا نہ ہو کہ کاروان راستے میں رہ جائے اور اس میں اتنی طاقت بھی نہ رہ جائے کہ وہ اپنے آخری لمحے اپنے گھر پر گزار سکے، وہ سوچتا تھا کہ وہ بانو سے کیا کہے گا، اس کی سمجھ میں کچھ نہ آتا تھا، کہ وہ کیا کرے، اتنی وسیع زمین پر اسے کام نہیں ملتا، لوگ بے تحاشہ اِدھر سے اُدھر بھاگے جارہے ہیں۔ یہ ٹرامیں بسیں، یہ لاریاں کدھر جا رہی ہیں، یہ لوگوں کا ہجوم یہ رنگ رلیاں یہ سبز ساڑھیاں، یہ موٹریں، یہ تلنگے، یہ گھوڑے پالکیاں، یہ پھل پھولوں کی دکانیں، یہ سبزیوں کے چھکڑے یہ آٹے کی بوریاں۔ گندم کے گودام۔ گھی کے پیپے کہاں جاتے ہیں۔ یہ کہاں صرف ہوتے ہیں، وہ کیوں بھوکا ہے۔ اس کا بیل کیوں بھوکا ہے۔ اس نے اُوپر آسمان کی طرف دیکھا۔ ستارے مُسکرا رہے تھے۔ اسے نہایت غصّہ آیا۔ اس کا جی چاہتا تھا کہ اس کے پاس اتنی لمبی مشعل ہو کہ وہ ان مُسکراتے ہوئے تاروں کا مُنہ جھلس دے۔ صدیوں سے غریب کی غربت پر مسکرائے جا رہے ہیں بے شرم۔ ڈھیٹ۔ بے حیا۔

یکا یک فضا کو چیرتی ہوئی ایک آواز آئی۔ "اور چھکڑے والے"

بوڑھے احمد نے مُڑ کر ایک موٹی توند والے انسان کو دیکھا۔

"کام کرو گے؟"

"کیوں نہیں حجور"

"دس من سامان ہے۔ کیا لوگے "

"دس آنے حجور"

" پانچ آنے ملیں گے " موٹی توند والا آگے بڑھ گیا۔

" ٹھہریئے بابو صاحب، مجھے پانچ آنے منظور ہیں "

"اچھا تو اسٹیشن پر جاؤ۔ گودام میں دس بوریاں ہوں گی۔ یہ لو فارم اسے سنبھالو۔ یہ کاغذ دے کر بوریاں لے آنا۔ سیدھے چاندنی چوک رام رکھا مل کی دوکان پر پہنچنا۔"

بوڑھا احمد یہ کام پاکر خوش ہوا۔ اسے ایسا محسوس ہوا جیسے اسے قارون کا خزانہ مل گیا ہے۔ بجھتے ہوئے دیئے میں ایک بوند تیل کی بھی دیئے کی روشنی کو بڑھا دیتی ہے۔ اور بوڑھا احمد اپنی زندگی کو بڑھانا چاہتا تھا۔ یہ پانچ آنے نہیں پانچ روپے ہیں۔ آج خدا نے اس کی دعا سن لی ہے۔ وہ چھ پیسے سے بیل کے لئے گھاس خریدے گا۔ دو پیسے کا بچے کے لئے دودھ۔ دو آنے کے چنے اور ایک آنے کا گڑ۔ لو اس کا کھانا تیار ہو گیا۔ لیکن یہ لوگ کھانا بھی چھیننا چاہتے ہیں۔ وہ چاہتے ہیں کہ غریب ہوا میں رہے۔ ہوا کھائے اور ہوا پہنے۔ بوڑھے احمد نے بیل کی رسی کھینچی اور بیل دوڑنے لگا۔ شاید بیل سمجھ گیا تھا۔ کہ اس کی آخری دوڑ ہے۔ اگر آج اس میں رہ گیا تو کہیں کا نہ رہے گا۔ وہ موڑ گزر کر داہنے ہاتھ کی طرف بڑھ گیا۔ یہاں سڑک پر روشنی کم تھی، اور دو درختوں کی پھیلی ہوئی ٹہنیوں نے سڑک کو اور بھی تاریک کر دیا تھا۔ سڑک پر سناٹا تھا۔ یا کبھی کبھی دور سے لاری کے ہارن کی آواز آتی تھی۔ ہوا سرد اور بھاری ہو چلی تھی، سامنے کی طرف دھوئیں کا غبار بنتا۔ جو آنکھوں کو چندھیائے دیتا تھا بوڑھا احمد سردی کی وجہ سے سکڑ کر بیٹھا ہوا تھا، ٹانگوں کو اکٹھا کئے وہ سر کو ٹانگوں سے ملائے ہوئے ایک عجیب انداز میں بیٹھا ہوا تھا، کہ کسی کی آواز آئی "ٹھہرو چھکڑے والے "

آواز بھاری تھی اور ہوا میں گونجتی ہوئی آواز میں ایک قسم کا رعب تھا، جو یکلخت بوڑھے کے جسم پر طاری ہو گیا۔ ہات رک گئے اور ایسا معلوم ہوا کہ جیسے کسی غیبی طاقت نے اس کے ہاتھ شل کر دیئے

ہیں ۔ اس نے بائیں طرف دیکھا ۔ تو ایک لحیم شحیم سپاہی کھڑا تھا۔ سپاہی نے عقابی نظروں سے بوڑھے کو تاکا اور پھر بیل پر ایک اچٹتی ہوئی نگاہ ڈالی ۔یکایک سپاہی کی نظریں بیل کی ٹانگوں پر جم گئیں اور پھر اس کی آنکھوں میں معنی خیز شرارت ٹپکی۔ اب وہ اس جرنیل کی طرف جس نے ایک عظیم الشان مہم سر کی ہو ، اس نے بوٹوں کی ایڑیوں پر کھڑے ہوتے ہوئے کہا۔

"کیوں بُڈھے ، تجھے شرم نہیں آتی ، کہ اس غریب جانور پر اتنا ظلم ڈھاتا ہے ۔"

حجور کیا بات ہے ۔" ؟

"حجور کا بچہ ۔" سپاہی نے کڑک کر کہا ۔ اس کی کڑک میں حکومت کی طاقت پنہاں تھی ۔" خود کھا کھا کر موٹا ہوتا جاتا ہے ، اور دیکھتا نہیں بیل کی طرف کتنا پتلا دبلا ہے ۔ بے زبان جانور پر تشدد کرتے ہوئے تجھے شرم نہیں آتی ، دیکھ اس کے پاؤں کی طرف خون بہے جا رہا ہے ۔ کیا آنکھوں سے اندھا ہے ۔ بینائی ختم ہو چکی ہے ۔"

"حجور آپ مائی باپ ہیں ۔ بھلا دیکھوں تو کہاں سے خون بہہ رہا ہے ، صبح تو بھلا چنگا تھا ۔"

"دیکھو اس پاؤں کی طرف ۔"

سپاہی نے اِدھر اُدھر نگاہ دوڑائی ۔ اور کسی کو نہ پا کر بوڑھے کی طرف معنی خیز نگاہوں سے دیکھا۔ یہ نگاہیں کُچھ مانگ رہی تھیں ۔

بوڑھا اس بے زبان کی بات سمجھ گیا ۔ لیکن بیچارہ کیا کر سکتا تھا ۔ اس کے پاس پھوٹی کوڑی بھی نہ تھی ۔ اور اگر ہوتی تو آج اس نقاہت اور کمزوری میں گھر سے باہر کیوں نکلتا ۔ اس نے لرزتی ہوئی آواز میں کہا ۔ " حجور آج کچھ نہیں ہے ۔ کل آپ کی مدد کروں گا ۔"

سپاہی کی آنکھوں میں سے شرارت نکلنے لگے ، اس کا مُنہ غصّے سے لال ہو گیا ۔ اس نے بوڑھے کی طرف قہر آلود نگاہوں سے دیکھا اور زمین پر تھوکتے ہوئے کہا ۔ "بے زبان جانوروں پر ظلم کرتے ہو ۔ جی چاہتا ہے تمھارا بھیجا نکال دوں ۔ حرامی ، بوڑھا کھوسٹ ۔ میں ابھی بتاتا ہوں کہ جانوروں پر ظلم کرنے سے کیا سزا ملتی ہے ۔"

سپاہی نے بوڑھے کو چھکڑے سے نیچے اُترنے کو کہا، اور بیل کو چھکڑے سے علیحدہ کر کے آگے ہانکنے لگا۔ "رہنے دو۔ چھکڑے کو یہیں رکھو۔ تم لوگ جانوروں پر ظلم کرنے سے باز نہیں آؤ گے۔ جب تک تمہیں پوری سزا نہ ملے۔"

دوسرے دن جب بوڑھا احمد انسداد بے رحمی کے محکمے میں گیا تو اسے معلوم ہوا کہ بیل ہسپتال میں معائنے کے لئے بھیج دیا گیا ہے۔ اس لئے اسے بے رحمی کے ہسپتال میں جانا چاہیے۔ وہ خود حیران تھا کہ، وہ کیا کرے اگر اس کا بیل اس سے چھن گیا، تو وہ کیا کرے گا۔ زندگی کی آخری کرن ہمیشہ کے لئے مفقود ہو جائے گی۔

جب وہ بے رحمی کے ہسپتال میں پہنچا تو اس نے اپنے سامنے ایک گورے چٹے انسان کو دیکھا جو ایک کرسی پر بیٹھا ہوا تھا۔ اس کی آنکھوں پر عینک لگی ہوئی تھی؟"

"کیا یہ تمھارا بیل ہے"؟

"جی حجور"۔ بوڑھے نے بیل کی طرف نگاہ ڈالی۔

"ہم نے اس کا معائنہ کیا ہے، اس کے خون میں تپ دق کے جراثیم ہیں، تم لوگ بہت بدمعاش ہے، بہت بے رحم ہے، کتنا ظلم کرتا ہے جانوروں پر، یہ جانور تمھیں روٹی دیتا ہے، لیکن تم اسے مارتا ہے۔ اور دن رات بھوکا رکھتا ہے۔ اسے پوری خوراک نہ ملنے کی وجہ سے یہ بیماری ہو گئی ہے۔

"حجور ایسی بات تو نہیں ہے۔ میرا بیل بھلا چنگا ہے، اسے کوئی بیماری نہیں ہے، کل تک یہ راجی خسی تھا۔ بیمار تو میں ہوں۔ بیس دن سے بیمار ہوں میرے پاس کچھ نہیں ہے۔ میری بیوی بھوکی ہے، میرے بچے بھوکے ہیں۔"

ڈاکٹر نے غضبناک ہو کر کہا۔" کیا ہم جھوٹ بولتا ہے۔ بے شرم کہیں کا، چپڑاسی اس بوڑھے کو دھکے دے کر باہر نکال دو۔ اس بیل کو ہسپتال میں پہنچا دو، اور وارڈ میں داخل کر دو' اس کا علاج ہم کریں گے۔

"تجور ہم بھوکے مرجائیں گے۔ میری بیوی میرے بچے۔"

"سرکار تمھارے بال بچوں کی ذمہ دار نہیں۔ ہم کیا کریں۔ نکل جاؤ۔ چپڑاسی نکال دو اس بوڑھے کو۔"

اور جب بوڑھا احمد دروازے سے نکلا تو اس نے سوچا کہ کیا اس دنیا میں کوئی ایسا ہسپتال نہیں ہے، جہاں ان انسانوں کو داخل کیا جائے جن پر بے رحمی کی جاتی ہے، وہ اب اکیلا تھا، بالکل تنہا۔ اس درخت کی طرح جو صحرا میں اکیلا ہو، اس نے جانا کہ وہ اس پرندے کی طرح ہے جس کے پر ہمیشہ کے لئے کاٹ دیئے گئے ہیں۔ اس کی آنکھوں کے سامنے دنیا گھومتی ہوئی نظر آئی۔ اس کے کانوں میں ٹراموں، کاروں، اور رکشاؤں کی ٹن ٹن کی آوازیں تھیں۔ لیکن یہ شور لحہ بہ لحہ کم ہوتا گیا۔ وہ اب اس زمین کے قریب جا رہا تھا جہاں ابدی اندھیرا ہو جاتا ہے، اور روشنی کی کرن ہمیشہ کے لئے معدوم ہو جاتی ہے۔

قومی درد

قومی درد، ایک ایسا درد ہے جو خاص طور سے ہندستان اور پاکستان میں ہر خاص و عام کو ہوتا ہے۔ چونکہ صدیوں سے یہ درد نسلاً بہ نسلاً چلا آرہا ہے اس لئے اگر اس درد کو اب سر درد کہا جائے تو بے جا بات نہ ہوگی۔

یوں سر دست سر درد کا علاج ہے مگر قومی درد کا ابھی تک کوئی علاج نہیں نکلا۔ مجھے تو قومی درد اور کینسر میں کوئی خاص فرق نظر نہیں آتا۔ کیوں کہ یہ دونوں بیماریاں ابھی تک لاعلاج ہیں۔

اس درد کے تشخیص کرنے والے اس نتیجے پر پہنچے ہیں کہ یہ درد ہندو اور مسلمان کو زیادہ ہوتا ہے، کبھی کبھی سکھ کو بھی ہوتا ہے جب اس قسم کا درد سکھ کو ہوتا ہے تو حملے کی تیزی اور تندی کا مقابلہ کوئی نہیں کرسکتا...... پرماتما کا شکر ہے کہ اس درد کا حملہ سکھ پر بار بار نہیں ہوتا۔ ورنہ ہندوؤں اور مسلمانوں دونوں کا سفایا ہو جاتا۔ اور اس درد کا اس برّاعظم سے صفایا ہو جاتا۔

کافی تحقیق کے بعد اس مرض کے بارے میں یہ کہا جاسکتا ہے کہ اس درد کے موجد انگریز تھے مگر اس درد کے تحقیق کرنے والے کوئی آخری فیصلہ صادر نہیں کرسکے۔ فرنگیوں نے جہاں اس ملک کو دو حصّوں میں بانٹ دیا۔ وہاں اس درد کو بھی دونوں قوموں میں یکساں تقسیم کر کے چلے گئے۔ تاکہ دونوں قومیں حشر تک آپس میں لڑتی رہیں۔ ایک دوسرے کو قتل کرتی رہیں

گو فیملی پلاننگ کے ماہرین کو اس طرف متوجہ ہونا چاہیئے۔ کہ اگر دونوں قوموں کی تعداد کو گھٹانا ہے تو اس درد کو قومی پیمانے پر بڑھانا چاہیئے۔ ریڈیو۔ فلم اور اخباروں کا سہارا لے کر ایک وسیع پیمانے پر ایک عالم گیر تحریک چلائی جائے۔ جس سے ان دونوں قوموں کے افراد میں کافی کمی ہو ہوسکتی ہے۔

اعداد و شمار اور سائنسی نقطہ نظر کو سامنے رکھ کر ہمارے لیڈر اس نتیجے پر پہنچے ہیں کہ یہ قومی درد پڑھے لکھوں کو زیادہ ہوتا ہے اور ان پڑھوں کو کم ــــــ دراصل اس درد کی ابتدا پڑھے لکھوں سے ہوتی ہے اور اَن پڑھوں تک پہنچ کر انتہا کو پہنچ جاتی ہے۔

اس درد کی سب سے بڑی خاصیت یہ ہے کہ درد خاص کر اس کو ہوتا ہے جسے کبھی درد نہیں ہوتا۔ یہ درد اکثر دُور۔ دور سے شروع ہوتا ہے۔ اس درد کو آپ وبائی یا ہوائی بھی کہہ سکتے ہیں۔ مثلاً اگر کوئی ہندو مشرقی پاکستان یا مغربی پاکستان میں مارا گیا ہو تو مرنے والے کا غم اس کے متعلقین کو نہیں ہوگا۔ مگر جس مذہب سے مرنے والے کا تعلق ہوتا ہے وہ غم اور غصے سے بیتاب ہو جاتے ہیں۔ غم سے کم غصے سے زیادہ۔ مثال کے طور پر اس درد کا دورہ مدھیہ پردیش کے ہندوؤں پر ضرور ہوگا۔ بجنبہی اگر کوئی مسلمان ہندوستان میں مارا جائے تو اس کے مرنے کا غم اس کے رشتہ داروں کو تو ہوگا مگر سب سے زیادہ غم مغربی پاکستان کے مسلمانوں کو ہوگا۔

یہ درد ایک فرد سے شروع ہو کے۔ ایک طوفان بدتمیزی اختیار کر لیتا ہے۔ آخر میں دونوں قومیں صف آرا ہو کے۔ میدان میں نکل آتی ہیں۔ اور ایک دوسرے کا خون بہاکے گھروں کو واپس لوٹ جاتی ہیں۔ اس کے بعد اس درد کا تذکرہ روزانہ پرچوں، ہفتہ وار اخباروں اور رسالوں میں خوب زور شور سے کیا جاتا ہے۔ بڑی بڑی سرخیوں میں اس جنوں کو بے نقاب کیا جاتا ہے۔ بڑے شاندار اور جاندار جلوس نکالے جاتے ہیں۔ انہی جلوسوں میں ظالمانہ اور جاہلانہ تقریریں کی جاتی ہیں۔ یہ تقریریں جاہلانہ زیادہ ہوتی ہیں ظالمانہ کم۔ پھر حکومت کمیشن بٹھاتی

ہے ۔ جج فیصلہ کرتے ہیں کہ کس قوم کی زیادتی تھی ۔ پھر اس امر پر غور کیا جاتا ہے ۔ مسلمانوں اور ہندوؤں کے کلچر کا تحفظ کیا جائے ۔ ہندو اپنے کلچر کے تحفظ کے لئے شور و غل مچاتے ہیں اور مسلمان اپنی بقا کے لئے خون کے آنسو بہلاتے ہیں ۔

دونوں قومیں اپنے اپنے کلچر کی حفاظت کرنا چاہتی ہیں حالانکہ ان دونوں کا کلچر Agriculture سے زیادہ اہم نہیں ہے ۔

اس درد کو نیست و نابود کرنے کے کئی طریقے سوچے گئے ۔ اور آزمائے بھی گئے ۔ کچھ عرصے کے بعد پتہ چلا کہ سوچنے اور آزمانے والے تو نیست و نابود ہو گئے ۔ مگر اس درد میں کمی نہ ہوئی ۔ کبھی کبھی یوں بھی سوچا گیا کہ بڑے بڑے پلیٹ فارموں پر ہندوؤں اور مسلمانوں کو اکٹھا کیا جائے ، بلکہ اکٹھا کیا گیا ۔ اور دونوں سے کہا گیا کہ گلے لگ جاؤ ۔ بھائیو ۔ مگر گلے ملنے کی بجائے دونوں کے ہاتھ ایک دوسرے کے گریبان تک پہنچ گئے ۔ یعنی درد بڑھتا گیا جوں جوں دوا کی ۔

عجیب بات یہ ہے کہ یہ درد پیٹ میں نہیں ہوتا ۔ یہ درد پہلے دماغ سے شروع ہوتا ہے ۔ وہاں سے اس کا زہر سارے جسم میں سرایت کرتا ہے ۔ آنکھیں انگاروں کی طرح سُرخ ہو جاتی ہیں ۔ مُنہ سے کف نکلنے لگتی ہے جسم پر ایک تشنج سا طاری ہو جاتا ہے ۔ اور آدمی چھرا یا پستول یا لاٹھی لے کر باہر کی طرف لپکتا ہے ۔ اس وقت اس کی حالت پاگلوں کی طرح ہو جاتی ہے ۔ اپنے آپ پر قابو نہیں رہتا ۔ اس درد کو کم کرنے کے لئے دوسروں کے پیٹ میں چھرا گھونپ دیتا ہے ۔ پھر ہر ہر مہادیو یا اللہ اکبر کا نعرہ لگا کے ناچنے لگتا ہے ۔ بس اسی طرح باقی لوگ بھی اس درد میں مبتلا ہو جاتے ہیں ۔ یہ بھی عجیب بات ہے کہ درد صرف مردوں کو ہوتا ہے ۔ عورتوں کو تو ہوتا ہی نہیں ۔

کئی بار اس قسم کے بیماروں کو قتل کے بعد اس بات کا پتہ چلا کہ مرنے والا اس کا ہم مذہب تھا ۔ غصے سے بپھر کر وہ پھر کئی ایک کو مارتا ہی رہتا ہے ۔ اور جب کوئی

انسان اسے نہیں ملتا۔ تو دیواروں سے ٹکریں مار کر خود مر جاتا ہے ۔اس قسم کے مریضوں کی تعداد بہت کم ہوتی ہے ۔اگر اس قسم کے مریضوں کی تعداد بڑھ جائے تو شاید اس مرض کا علاج نکل جائے۔ دراصل اس مرض کے تحقیق کرنے والوں کو اس قسم کے مریضوں کی طرف متوجہ ہونا چاہیئے ۔شاید انہی مریضوں سے کوئی اکسیر نکل آئے ۔کیوں کہ جن مریضوں میں احساس گناہ ہوتا ہے انہی کے خون سے کوئی کیمیائی مرکب تیار کیا جاسکتا ہے جو آگے جاکر اس درد کی دوا بن جائے۔

اکثر ہندوؤں سے کہا جاتا ہے کہ اس دردِ مسلسل کو کم کرو تو وہ فرماتے ہیں کہ یہ مشورہ مسلمانوں کو دوران سے کہو کہ وہ اس سر درد کو کم کریں ۔اگر مسلمانوں کو یہ مشورہ دیا جائے کہ وہ اس درد سے بچنے کی کوئی راہ نکالیں تو وہ کہتے ہیں کہ اس کا آغاز تو ہندو کرتے ہیں۔ دراصل دونوں قومیں اتنی معقول اور ساتھ ہی نامعقول ہیں کہ کوئی بھی اس درد کو کم کرنے کے لئے تیار نہیں ۔

یہ درد اکثر اکثریتی کمیونٹی کو اس لئے ہوتا ہے کہ اس کی تعداد اقلیتی کمیونٹی سے زیادہ ہے ۔اور اقلیتی کمیونٹی کو اس لئے ہوتا ہے کہ اس کی تعداد اکثریتی کمیونٹی سے کم ہے ۔ دونوں ہی ایک دوسرے سے خائف نظر آتی ہیں ۔یوں تو مفکروں نے کہا ہے کہ جس قوم کو قومی درد نہیں ہوتا وہ قوم کبھی ترقی کے زینے پر نہیں چڑھ سکتی ۔میں صرف یہ کہنا چاہتا ہوں کہ جس قوم کو یہ درد ہوتا ہے ۔ وہ قوم بڑی بے درد ہوتی ہے ۔

مرحوم یاد

جب کبھی مرحوم یاد چکوی کی یاد آتی ہے تو کلیجہ منہ کو آنے لگتا ہے۔ نقادوں اور قارئین کی ستم ظریفی ملاحظہ فرمایئے کہ انھوں نے مرحوم یاد کی ذات کے متعلق کئی مضامین لکھے اور ملک کے ادبی رسالوں میں چھپوائے۔ اِدھر ایک دو سال میں ان کی ذات گرامی کے بارے میں دو کتابیں مارکیٹ میں آچکی ہیں اور یونیورسٹی کے کئی طلبار ان کی ذات کے متعلق تحقیق بھی کر رہے ہیں اور ہوسکتا ہے کہ انہی طلبار کو پی۔ ایچ۔ڈی کی ڈگری بھی مل جائے۔ مگر ان کی شاعری کے بارے میں ابھی تک ایک مضمون بھی نہیں چھپا۔ معتبر ذریعہ سے معلوم ہوا ہے کہ مرحوم یاد چکوی اعلیٰ پائے کے شاعر تھے۔ غزل ان کی اوڑھنا بچھونا تھی۔ مگر مرحوم یاد کے کردار کی صفات کو اتنی اہمیت دی گئی ہے کہ اب مرحوم کی شاعرانہ عظمت سے ہر شخص منکر ہو گیا ہے۔

دراصل اس پہلو پر کافی ریسرچ ہو رہی ہے کہ کیا مرحوم یاد واقعی ایک بہت بڑے شاعر تھے۔ اس میں شک نہیں کہ ان کے بیشمار شاگرد تھے۔ جو ہندوستان کے ہر شہر میں ابھی تک پائے جاتے ہیں۔ ان کے شاگرد بزمِ یاد کی تیاریوں میں ہمیشہ مصروف رہے۔ لیکن مرحوم یاد کی بدقسمتی ملاحظہ فرمایئے کہ مرحوم جب تک زندہ رہے ایک بزم بھی نہ بن سکی۔ صرف تیاریاں ہی تیاریاں ہوتی رہیں۔ جشن کے اعلان ہوتے رہے لیکن ان کے اعزاز میں ایک جشن بھی منعقد نہ ہوا۔ مرحوم یاد شاگردوں کی غزلوں کی اصلاح فرماتے تھے، مگر اصلاح کا

معاوضہ نہ لیتے۔ مرحوم نے اپنے فن کی بالکل پرواہ نہ کی۔ بلکہ ساری عُمر شاگردوں کے فن کو ہی اُبھارتے رہے۔ شاگردوں کو اپنے اُستاد سے اتنا پیار تھا کہ انھوں نے کئی بار مرحوم کی غزلوں کو اپنے نام سے چھپوالیا۔ مرحوم کے نزدیکی رشتے داروں اور دوستوں نے اس بدعت کی طرف اشارہ بھی کیا۔ سُنتے ہی مرحوم یادؔ کی آنکھوں میں آنسو آجاتے۔ دراصل وہ جذباتیت کے علمبردار تھے۔ انھیں ہر بات پر رونا آتا۔ بے چارے آنسو بہا کے چُپ ہو جاتے۔ انھوں نے کبھی کسی شاگرد کے خلاف کوئی ایکشن نہ لیا۔ ان کی ذہانت اور ذکاوت کے چرچے ہر جگہ ہوتے رہتے۔ زبان و بیان پر انھیں بڑا عبور تھا۔ خوب صُورت لفظوں کا انتخاب، تشبیہوں کا ذخیرہ، زور بیان، بے پناہ روانی، پُرشکوہ لفظوں کا استعمال۔ نادر تشبیہوں کی آمد۔ اور نہ جانے کتنی اور شاعرانہ صلاحیتوں کے مالک تھے کہ ان کے آگے انیسؔ اور دبیرؔ پانی بھرتے نظر آتے۔ ان کی ساری عُمر یہی کوشش رہی کہ کسی طرح ان کا دیوان چھپ جائے۔ مرحوم یادؔ کا جنازہ بھی اُٹھ گیا۔ لیکن ان کا دیوان نہ چھپ سکا۔ ایک تحقیقی مضمون میں اس بات پر روشنی ڈالی گئی ہے کہ مرحوم یادؔ کا جنازہ بڑی شان وشوکت سے نکلا۔ شہر کی بیشتر آبادی ان کے جنازے میں شامل تھی۔ جب دیوان چھپوانے کے لئے روپیوں کی اپیل کی گئی تو کسی شہری نے ایک روپیہ بھی نہ دیا۔

مرحوم یادؔ کی شخصیت کے بارے میں ریسرچ ہوئی اور جتنے تحقیقی مضامین رسالوں میں چھپے وہ سب میری نظر سے گزرے میں انھیں بڑے شوق اور غور سے پڑھتا رہا۔ ان کے بارے میں پہلی بار یہ انکشاف ہوا کہ مرحوم یاد کو اُردو ہندی اور انگریزی پر پورا عبور تھا۔ اگر وہ چاہتے تو ہندی اور انگریزی زبان میں بھی اپنے ادبی جوہر کو نمایاں کر سکتے تھے۔ مگر انھیں اردو سے بے پناہ محبت تھی۔ پیدائش سے لے کر موت تک اسی زبان میں گفتگو کرتے رہے، اور اسی زبان میں غزلیں کہیں۔ مختلف مضامین پڑھ کر مجھ پر یہ حقیقت عیاں ہوئی کہ مرحوم یادؔ بڑے پُرخلوص، دیانت دار، شریف، خدا پرست، وطن پرست، دوسروں کی حاجت پورا کرنے والے خود نہ

کھاکر دوسروں کو کھلانے والے، دوست نواز، غریب نواز، ادیب نواز، قربانی اور سچائی کے پیکر، ہندو مسلم ایکتا کے حامی، بردبار، مہربان اور مرنجان مرنج قسم کے انسان تھے۔ شروع میں دوستوں اور مداحوں نے اس صفت کی بہت مدح سرائی کی۔ بعد میں یہی دوست ان کے دشمن بن گئے۔ اور ان کی قوتِ برداشت کو بزدلی سمجھنے لگے۔ لیکن اس مردِ مجاہد نے اپنی روش نہ بدلی۔

یوں دیکھنے میں بڑے خوش وضع اور خوش قطع تھے۔ لانبا قد، گوری رنگت، چہرے کے خطوط بڑے دلکش اور جاذب نظر تھے آنکھیں بڑی بڑی، فراخ پیشانی لانبے لانبے بال، جو اکثر کندھوں تک آجاتے۔ خوش شکل ہونے کے باوجود بھی انھوں نے صرف ایک شادی کی۔ اگر وہ چاہتے تو بڑی آسانی سے چار شادیاں کر سکتے تھے۔ آخری عمر تک ایک ہی بیوی پر اکتفا کیا۔ اپنی بیوی کے سوا سب کو ماں بہن سمجھتے تھے۔

شادی کے بعد چار چاند سی لڑکیاں پیدا ہوئیں۔ جب لڑکیاں جوان ہوئیں تو ان کی بیوی چلّانے لگی کہ اب اپنی جوان لڑکیوں کی شادی کرو۔ گھر میں اُلّو بولتے تھے۔ روپے پیسے کی اس قدر کمی تھی کہ بڑی مشکل سے دو وقت کا کھانا نصیب ہوتا۔ بیٹیاں دولہا کا انتظار کرتے کرتے تھک گئیں۔ جب انھیں اس بات کا مکمل یقین ہوگیا کہ ان کے والدین ان کے لئے دولھا نہ لاسکیں گے تو چاروں لڑکیوں نے خود اپنے لئے شوہر تلاش کر لئے۔ اور یکے بعد دیگر مختلف لڑکوں کے ساتھ بھاگ گئیں۔ اور اپنا اپنا گھر بسا لیا۔ مرحوم یاد اپنی بیٹیوں کے اس ترقی پسندانہ اقدام پر بہت خوش ہوئے اور اس خوشی میں کئی دن گھر سے باہر نہ نکلے — اس ہولناک واقعہ کے بعد ایک قریبی رشتہ دار نے بتایا کہ مرحوم یاد کافی دنوں تک روتے رہے اور ہنستے بھی رہے۔ جہاں تک رونے کا تعلق ہے اس کے بارے میں کسی کو شک کی گنجائش نہیں۔ ہاں ہنستے کیوں تھے اس کے بارے میں ہمارے نقاد یا ذہین طلبا رتحقیق کیوں نہیں کرتے۔؟

ان کے کردار کے بارے میں بڑے ہی دلچسپ قصے مشہور ہیں۔ مثلاً مانگنے سے وہ اس قدر گھبراتے تھے کہ ہات پھیلاتے ہوئے ان کے ماتھے پر پسینہ آجاتا، زبان گنگ ہو جاتی۔ گلا خشک ہونے لگتا۔ اور آخر میں جس شخص سے مانگنے جاتے اسے کچھ دے کر ہی آتے۔ کافی تحقیق کے بعد پتہ چلا ہے کہ آخری عمر میں ان کی بیوی نے ان سے طلاق لے لی اور ان کے نزدیکی دوست سے شادی کر لی۔ مرحوم یاد کو اپنی بیوی پر غصہ نہ آیا بلکہ محلے میں انھوں نے پیڑے بانٹے، یہ سوچ کر کہ آخری عمر میں ان کی بیوی کو دو وقت کا کھانا تو نصیب ہوا۔ اس واقعے کے بعد گلی محلے والوں نے ان سے بول چال بند کر دی۔ بھلا جو شخص مرد ہو کر اپنی مردانگی کا اظہار نہ کرے اس سے دعا سلام رکھنے سے کیا فائدہ ایسے انسان کو سنگسار کرنا چاہیے۔ شہر کے باشندوں نے باقاعدہ ایک پلان بنایا کہ ایسے انسان کو صفحۂ ہستی سے مٹا دیا جائے مگر عین وقت پر فلو کی ایسی وبا پھیلی کہ شکار کرنے والے خود ہی اس وبا کا شکار ہو گئے۔

یوں مرحوم یاد نے بڑی لمبی عمر پائی۔ چوراسی سال کی عمر تک جئے۔ آج سے بیس برس پہلے کہا جاتا تھا کہ زیادہ کھاؤ گے تو لمبی عمر پاؤ گے۔ مگر آج کل ڈاکٹر اس بات کا مشورہ دیتے ہیں کہ کم کھاؤ گے تو لمبی عمر پاؤ گے۔ مرحوم یاد کو اول تو کھانا ملتا ہی نہ تھا۔ اگر مل جاتا تو وہ اگلے دن کے لئے ضرور بچا کر رکھتے۔ آخری عمر تو فاقوں کی نذر ہو گئی۔ لیکن جناب! فاقہ کرتے ہوئے انھوں نے کسی کے آگے ہاتھ نہ پھیلائے کسی سے کچھ نہ مانگا۔ اپنی اَنا کے بل بوتے پر جئے۔ بھوک سے آنکھیں باہر نکل آئی تھیں۔ گال پچک گئے تھے مگر آفریں اس شخص پر کہ اس مرد مجاہد نے اپنے کردار کو ایسا سنبھالا کہ سچائی، خودداری، خلوص، پیار، بردباری پر آنچ نہ آنے دی۔ اس میں کوئی شک نہیں کہ فاقوں سے روحانی طاقت بڑھتی ہے۔ قوتِ برداشت اور عمر میں اضافہ ہوتا ہے۔ اس لئے ہمارے دیش کے سیاسی لیڈر اکثر مرن برت رکھتے ہیں۔ تاکہ لمبی عمر پائیں اور جنتا کی حالت بگاڑ کر پدم شری کا خطاب حاصل کریں۔

مرحوم یاد شہرت کے دلدادہ نہ تھے۔ کوئی ان کی تعریف کرتا تو فوراً اسے جھڑک دیتے۔ مگر دوسروں کی تعریف کرتے ہوئے کبھی نہ تھکتے۔ معتبر ذریعے سے معلوم ہوا ہے کہ حکومت ہندان کے بے داغ کردار سے اتنی متاثر اور مرعوب ہوئی ہے کہ وہ جلدی ایک تحقیقی کمیشن بٹھانے والی ہے۔ جس میں مرحوم یاد کی اچھائیوں کے بارے میں ثبوت طلب کرے گی اور اس بات کی تہہ تک پہنچے گی کہ کیا مرحوم یاد واقعی پُر خلوص اور دیانت دار آدمی تھے۔ کیا ان میں اتنی قوت برداشت تھی کہ وہ کئی دن تک بغیر کھانا کھائے کام کر سکتے تھے؟ کیا مرحوم خوددار تھے کیا انھوں نے کسی سے قرض لیا یا نہیں؟ کیا انھوں نے کسی کے آگے ہاتھ پھیلائے یا نہیں؟ کیا مرحوم یاد واقعی وطن پرست تھے یا وطن فروش یا محض غزل فروش؟ کیا مرحوم واقعی ہندو مُسلم ایکتا کے حامی تھے۔ کیا مرحوم کا دیوان چھپا یا نہیں۔ کیا مرحوم اتنے بڑے شاعر تھے کہ ان کا دیوان چھپایا جائے۔ کیا مرحوم یاد جدیدیت کے حامی تھے یا ترقی پسند تحریک کے۔ کیا مرحوم یاد کی غزلیں دستیاب ہو سکتی ہیں۔ کیا مرحوم یاد کی اچھائیوں اور خوبیوں کو اپنا کر ہماری قوم ترقی کر سکتی ہے۔ اگر واقعی مرحوم یاد اتنی اچھائیوں اور خوبیوں کے مالک تھے تو انھیں قومی ہیرو کیوں نہ تسلیم کیا جائے۔ لوگوں کو زندگی میں شہرت ملتی ہے۔ مرحوم یاد کو مرنے کے بعد کیوں نہ شہرت ملے۔ اگر مرحوم واقعی اتنی خوبیوں کے مالک تھے تو بھارتی عوام کو ان کے نقشِ قدم پہ چلنا چاہیئے اور مرحوم کی اچھائیوں کو ہر طرح سے اجاگر کرنا چاہیئے۔ مثلاً پریس میں ان کے کردار کے بارے میں مضامین چھاپے جائیں۔ شہروں میں بڑے بڑے سائن بورڈ لگوائے جائیں۔ ان کے اوصافِ حمیدہ کے بارے میں ریڈیو، ٹیلی ویژن پر باقاعدہ پراپیگنڈہ کیا جائے۔ اسکولوں، کالجوں میں ان کے کردار کے بارے میں لیکچر رکھوائے جائیں تاکہ آنے والی نسلیں ان کی اچھائیوں اور خوبیوں سے اچھی طرح آگاہ ہو جائیں۔ اگر ہو سکے تو کسی فلم پروڈیوسر کو اس بات پر راضی کیا جائے کہ وہ ان کی زندگی کے متعلق ایک بامقصد فلم بنائے اور ہماری حکومت اس پروڈیوسر کو قرضہ دے تاکہ ساری قوم اس خلوص، پیار، ایثار، خودداری، قربانی کی اسپرٹ

قوتِ برداشت اور دیگر اوصافِ حمیدہ کی گرویدہ ہو جائے اور کشمیر سے لے کر راس کماری تک ایک نئے جیون کا آغاز ہو۔

دراصل مجھے ذاتی طور پر بہت بڑا اعتراض ہے اس کمیشن کے تعینات کیے جانے پر اگر میں سچ بات کہہ دوں تو قارئین کو میرے مشورے کا خیر مقدم کرنا چاہیے۔

میری نظر میں مرحوم یاد بہت ہی بڑے بے وقوف قسم کے آدمی تھے جن خوبیوں کو ہم آج تک سراہتے رہے ہیں دراصل وہ میری نظر میں برائیاں ہیں۔ مثلاً اپنا کام نہ کرنا اور دوسرے کے کام کرتے رہنا کہاں کی عقل مندی ہے، خود نہ کھانا اور دوسروں کو کھلاتے رہنا بہت بڑی بے وقوفی ہے۔ خود ننگے رہنا اور دوسروں کو کپڑے پہنانا کہاں کی شرافت ہے۔ اپنے گھر کو اُجاڑ کر دوسرے کے گھر کو آباد کرنا پرلے درجے کی حماقت ہے۔

جیسا کہ ان کے ہر ناقد نے ان کے لانبے قد گوری رنگت اور خوبصورت خدوخال کی تعریف کی ہے تو یہ بات میری سمجھ سے باہر ہے کہ انھوں نے صرف ایک شادی کیوں کی؟ وہ بڑی آسانی سے تین چار شادیاں کر سکتے تھے۔ اگر وہ اپنی ذہانت سے مستفید نہیں ہوئے تو کم سے اپنی جسمانی خوبصورتی سے تو فائدہ اُٹھاتے اور کسی ایسی عورت سے شادی کرتے جو کمانے کے قابل ہوتی تاکہ ان کا بڑھاپا تو تمیز سے گزرتا اور مرحوم ایڑیاں رگڑ رگڑ کر نہ مرتے۔

جہاں تک ان کی اس صفت کو سراہا جاتا ہے کہ انھوں نے مرتے دم تک کسی کے آگے ہاتھ نہیں پھیلائے اور وہ کسی کے قرضدار نہ تھے۔ تو اس سلسلے میں یہی عرض کروں گا اگر ہماری سرکار اس خوبی کو اچھا جان کر عمل نہ کرتی تو ساری قوم بھوکی مر جاتی۔ بھارت سرکار کی اس سلسلے میں جتنی تعریف کی جائے کم ہے کہ انھوں نے قرض مانگنے کی مہم میں کسی دیش کو نہیں چھوڑا۔ بلکہ ہر دیش کے سامنے اپنی جھولی پھیلائی۔ اور اپنے عوام کو مالا مال کیا۔ اس طرح اگر مرحوم یاد اپنے پرستاروں، اپنے دوستوں اپنے شاگردوں اور اپنے رشتے داروں سے قرض مانگتے تو یقیناً ان کے پاس ایک کار ایک بنگلہ اور اچھا خاصا بینک بیلنس ہوتا۔ اور وہ

ایک بھکاری کی طرح نہ مرتے۔ جہاں تک ان کی خودداری کا نتیجہ ایثار اور جذبۂ قربانی کا تعلق ہے۔ میں سمجھتا ہوں کہ اُن میں کامن سینس کی کمی تھی۔ جن لوگوں نے ان نام نہاد خوبیوں کو اپنایا وہ قلاش ہو کے مرے۔ میری ذاتی رائے یہ ہے کہ حکومتِ ہند اس قسم کے کمیشن کو نہ بٹھائے بلکہ اس قسم کی فرسودہ قدروں اور کھوکھلے اصولوں کے خلاف ایک باقاعدہ مہم چلائے تاکہ آئندہ آنے والی نسلیں مرحوم یاد سے عبرت حاصل کریں اور وہ ایک باوقار اور باسلیقہ زندگی گزار سکیں۔

شرافت

دراصل شرافت اور خباثت میں زیادہ فرق نہیں ہے جس طرح خبیث آدمی اپنی خباثت کا ڈھنڈورا پیٹنے سے باز نہیں آتا بالکل اسی طرح شریف آدمی اپنی شرافت کا مظاہرہ کرنے سے کبھی نہیں شرماتا۔

تقریباً ہر مذہب کی مقدس اور الہامی کتابوں میں شریفوں کو احترام کی نظر سے دیکھا جاتا اور خبیثوں کو گالیوں سے نوازا جاتا ہے۔ شریفوں اور خبیثوں میں سب سے بڑا فرق یہ ہے کہ شریفوں کو مرنے کے بعد جنت ملتی ہے اور خبیثوں کو زندگی میں۔ اس فانی دُنیا میں شریفوں نے ہمیشہ مار کھائی ہے اور خبیثوں نے ہمیشہ مارا ہے۔ شریفوں کو ان کی ازلی شرافت کے لیے، سنگسار کیا گیا۔ خبیث سیدھا بار میں گیا۔ اور یار دوستوں کے ساتھ، جام پہ جام چڑھاتا ہوا، زندگی کی لطافتوں اور رنگینیوں سے لطف اندوز ہوتا ہوا دوزخ میں وارد ہوا۔

شرفا، شرافت کے پردے میں، ایک مقدس اور پرہیزگار زندگی بسر کرنے کے لئے جتنے ظلم اپنے اُوپر کرتے ہیں۔ ان کو گنوانا ضروری نہیں۔ یہ لوگ کن کن چیزوں سے اپنے آپ کو محروم رکھتے ہیں۔ اگر ان کی ایک لمبی چوڑی فہرست تیار کی جائے اور شرفا، اس فہرست کو پڑھ لیں تو میں یقین کے ساتھ کہہ سکتا ہوں کہ فہرست پڑھتے ہی وہ فوراً خبیث بننے پر آمادہ ہو جائیں گے۔ میں نے ڈاکٹروں اور حکیموں کی طرح، بڑی پابندی سے شرافت کی چالیس سال تک پریکٹس کی ہے۔

ڈاکٹروں اور حکیموں نے ضرور اپنے لئے بنگلے اور کوٹھیاں بنوالی ہوں گی مگر میں ایک کھولی کا باقاعدگی کے ساتھ کرایہ ادا کرنے کے قابل بھی نہ ہوا۔

جس طرح سے خبیثوں کی طرح طرح کی قسمیں ہوتی ہیں۔ اسی طرح شریف بھی مختلف قسم کے ہوتے ہیں۔ چند ازلی شریف ہوتے ہیں۔ کچھ پیدائشی۔ پھر خاندانی شریف بھی ہوتے ہیں جو شرافت کو بطور پیشہ اختیار کرتے ہیں۔ چند وقتی طور پر شرافت کا لبادہ اوڑھ لیتے ہیں۔ انھیں شریف بدمعاش کے لقب سے پکارا جائے تو بے جا بات نہ ہوگی۔

ازلی شریف بڑا ہی ناکارہ قسم کا انسان ہوتا ہے۔ اسے سدھارنے کی کوئی ضرورت نہیں۔ آپ کا بیکار وقت ضائع ہوگا۔ جہاں تک خاندانی شریفوں کا تعلق ہے، ان کے بارے میں صرف اتنا ہی عرض کرسکتا ہوں کہ خاندانی شریف صرف اپنا ہی بیڑا غرق نہیں کرتے بلکہ پورے خاندان کا بیڑا غرق کرتے ہیں۔

پیدائشی شریف اگر شادی نہ کرے تو صرف اپنی ذات کو نقصان پہنچائے گا ورنہ اس شریف انسان کے جو اولاد پیدا ہوگی۔ وہ گلیوں میں خاک چھانتی پھرے گی۔

وہ لوگ جو شرافت کو بطور پیشہ اختیار کرتے ہیں۔ ان کی زندگی میں شاید چند بہاریں آجائیں۔ ورنہ شرافت ہمیشہ ان کو ذلیل و خوار کرتی ہے۔ شرافت ایسا لفظ ہے، جو ایک بار کسی انسان کے ساتھ چپک گیا تو ساری عمر کا ساتھی بن جاتا ہے۔ حتیٰ کہ مرنے کے بعد بھی لوگ اسے یاد کرتے ہیں ـــــ "بچارا بڑا ہی شریف انسان تھا۔"

یوں تو لفظ شرافت کو بڑی سنجیدگی اور احترام سے برتا جاتا ہے اور شریفوں کا ازراہِ شرافت کافی احترام کیا جاتا ہے ذرا شریفوں کے چہرے ملاحظہ فرمائیے تو معلوم ہوگا کہ چہروں پر کتنی نحوست برستی ہے۔ شامتِ اعمال سے اگر آپ نے کسی شریف آدمی کو اپنے یہاں مہمان ٹھہرالیا تو چند ہی دنوں میں آپ کا جیتا جاگتا گھر ویرانے کی صورت اختیار کرلے گا۔ بس بھول کر ایسی غلطی نہ کیجئے گا ـــ!

شریفوں کے یہاں اکثر اولاد ہوتی ہی نہیں۔ اگر ہوتی ہے تو بہت زیادہ ہوتی ہے۔ ہر حال ہر حالت میں شریف آدمی کا انجام بڑا حسرت ناک اور المناک ہوتا ہے۔ مرنے کے بعد گھر سے کفن کے لئے ایک کوڑی بھی نہ ملے گی۔ اکثر شریفوں کے جنازوں کے ساتھ اپنوں کے سوا اور کوئی نہیں ہوتا۔

کسی شریف آدمی سے روپے مانگئے۔ اوّل تو روپے اس کے پاس ہوتے نہیں۔ بالفرض روپے اس کے پاس ہوئے تو وہ بے چارہ اپنی شرافت سے مجبور ہو کر فوراً اپنی جیب میں ہاتھ ڈالے گا۔ اگر اپنی جیب خالی نکلی تو بیوی کی جیب صاف کرے گا۔ اگر وہاں بھی کچھ نہ ملا تو پڑوسی کی جیب کی طرف ہاتھ بڑھائے گا۔ بدقسمتی سے اگر پڑوسی نے بھی انکار کر دیا تو اپنی بیوی کی پوشی گروی رکھ کر اپنی شرافت کو برقرار رکھے گا۔

دراصل شرافت کسی خطرناک بیماری سے کم نہیں۔ آج کل ہر بیماری کا علاج ہے، سوائے کینسر کے۔ یوں تو ڈاکٹروں نے کینسر کی روک تھام کا طریقہ نکالا ہے۔ مگر شرافت ایسا روگ ہے جو ایک بار لگ گیا تو عمر بھر کا سوگ بن کر رہ جاتا ہے۔

بدقسمتی سے میرا شمار بھی شریفوں میں ہوتا ہے۔ شروع میں جب یار دوستوں نے میری شرافت کی تعریف کی تو مجھے بے حد خوشی ہوئی۔ "اجی صاحب کیا شریفانہ اور قلندرانہ طبیعت پائی ہے۔ اپنے کام پر لات مار کر دوسروں کا کام کرتے ہیں۔ اپنے سود و زیاں کی کوئی فکر نہیں۔ کوئی مہمان آجائے تو بس آگے پیچھے گھومتے ہیں۔ خاطر تواضع میں کوئی کسر نہیں رکھتے۔ انکساری، خلوص، دیا اور دھرم تو مزاج میں کوٹ کوٹ کر بھرا ہے۔

دراصل نہ مجھے دھرم پر وشواس ہے نہ دیا پر — جہاں تک انکساری اور خلوص کا تعلق ہے وہ میرے مزاج کا ایک حصہ ہے جس طرح سے میں لوگوں سے سلوک کرتا ہوں۔ اس کا انسانیت سے کوئی تعلق نہیں۔ بس یوں سوچئے کہ اس قسم کی حرکتیں کر بیٹھتا ہوں۔ اسی لئے اب شرافت سے اس قدر نالاں ہوں کہ بیان نہیں کر سکتا۔ آج کل کیا عرض کروں جس تیزی اور

تندہی سے اس شرافت کو مٹانے کی کوشش کرتا ہوں۔ کمبخت اسی برق رفتاری سے یہ بیماری اور ابھرتی ہے۔

اگر شرافت اور عشق پر ذرا تحقیقی نظر ڈالی جائے تو معلوم ہوگا کہ دونوں میں زیادہ بُعد نہیں۔ دونوں بیماریاں ایسی ہیں جن کا علاج حکیم لقمان کے پاس بھی نہیں۔

جیسے چند لوگ عاشقانہ مزاج لے کر پیدا ہوتے ہیں اسی طرح شریف لوگ شریفانہ مزاج لے کر اس دنیا میں وارد ہوتے ہیں۔

جیسے عاشقوں کو دنیا و مافیہا کی خبر نہیں ہوتی اور جذبۂ عشق میں سرشار اور غرقاب رہتے ہیں۔ بعینہٖ شریف آدمی شرافت کو برتنے کے لئے بیتاب رہتے ہیں۔ اگر عاشق اپنا گریبان چاک کرتا ہے تو شریف آدمی بے حد کم ٹاک کرتا ہے۔ اگر عاشق، معشوقہ کے نہ ملنے پر دن رات خون کے آنسو بہاتا ہے تو شریف آدمی اگر اپنی شرافت کا اظہار نہ کرنے پائے تو خود بھی روتا ہے اور دوسروں کو بھی رُلاتا ہے۔ اگر عاشق اپنا گھر برباد کر کے محبوبہ کا گھر آباد کرتا ہے تو شریف آدمی اپنا گھر برباد کر کے دوسروں کا گھر آباد کرتا ہے۔

میں نے بڑے بڑے عاشقوں کے بڑے ہی حسرت ناک انجام دیکھے ہیں۔ پھر بھی چند گِنے چُنے ایسے عاشق ضرور ملیں گے جنھوں نے اپنی اپنی محبوباؤں کو پا کر اپنی زندگیاں بنالی ہوں۔ مگر خدا کے فضل سے میں نے کسی شریف آدمی کو شرافت سے زندگی گزارتے ہوئے نہیں دیکھا۔ ان کا انجام اتنا حسرت ناک اور المناک ہوتا ہے کہ دیکھنے والوں کا کلیجہ چاک چاک ہوتا ہے۔

شریفوں کو اپنی شرافت کی سزا اسی دُنیا میں مل جاتی ہے۔ خبیثوں کو مرنے کے بعد۔ شریف آدمی اس دنیا میں بھوکے مرتے ہیں۔ اور خبیث مزے سے عیش کرتے ہیں۔ ایک زمانہ تھا جب یہ نعرہ بلند کیا جاتا تھا۔ کہ "دُنیا کے مزدورو! متحد ہو جاؤ!! تمھاری صرف زنجیریں ٹوٹیں گی اور کچھ نہیں۔" میں سمجھتا ہوں اب وقت آگیا ہے کہ میں دُنیا کے شریفوں سے

ببانگِ دُہل کہوں کہ اے دُنیا کے شریفو! شرافت کی زنجیریں توڑ دو!! تم سب کی زندگیاں سدھر جائیں گی۔"

بڑے بڑے عقل مندوں کا مقولہ ہے کہ اگر اس دُنیا میں خبیث آدمیوں کی کمی ہو جائے تو یہ دُنیا رشکِ جنت بن جائے۔ مگر میرا یہ مخلصانہ مشورہ ہے کہ اس دُنیا میں اگر شریفوں کی تعداد صفر کے برابر ہو جائے تو یقیناً انسانی زندگی بہتر ہو جائے گی۔ اس لئے دُنیا کے تمام انسانوں کی بہتری اور بقا کے لئے یہ نعرہ بلند کرتا ہوتا ہوں۔

"شرافت مُردہ باد! خباثت زندہ باد!!"

لیجئے ہم نے پھر عشق کیا

عشق جیسی لطیف شے، جس پر ہمارے مشہور و معروف شاعروں اور افسانہ نگاروں نے افسانے لکھ کر غیر فانی شہرت حاصل کی ہے اور بہت سے عاشقوں اور معشوقاؤں نے اپنی زندگی کی بازی لگا کر ادبی داستانوں میں جگہ بنائی ہے۔ اسے مزاحیہ انداز میں پیش کرنا پرلے درجہ کی حماقت ہے۔ لیکن بندہ نواز، میں بے بس لاچار اور مجبور ہوں۔ اس میں شک نہیں کہ لیلیٰ مجنوں، ہیر رانجھا، رومیو جولیٹ کے عشقیہ داستانوں نے نوجوانوں کے دلوں پر گہرا اثر ڈالا ہے۔

اور وہ عشق کرنے سے باز نہیں آئیں گے۔ حال ہی میں مرحوم جان کنیڈی کی بیوہ نے ایک ستر سالہ بڈھے سے عشق فرما کر اور اس کے بعد ازدواجی بندھن میں بندھ کر مردوں کی بڑی ہمت افزائی کی ہے۔ اس سے عشق کی راہیں استوار اور ہموار ہوئی ہیں۔ اور عشقیہ ماحول کافی خوشگوار ہوا ہے۔

حضورِ انور! میری عُمر پچاس سال سے زیادہ ہے۔ میرے سر کے بال سفید ہو چکے ہیں۔ میں خضاب لگا کر عالم شباب کے مزے لینا چاہتا ہوں۔ اسے میری خوش قسمتی سمجھئے یا بدقسمتی۔ کیوں کہ ابھی تک میں یہ فیصلہ نہیں کر پایا کہ عشق کرنے والوں کو خوش قسمت سمجھنا چاہئے یا بد قسمت۔ اس کا فیصلہ آپ ہی کیجئے۔ یوں اس سے پہلے میں کئی عشق کر چکا ہوں۔ گو زندگی میں

ایک ہی عشق کافی ہوتا ہے ۔ مگر میں تو اس صف میں کھڑا ہوں جہاں عشق ایک مسلسل بیماری کی صورت اختیار کر گیا ہے ۔ یعنی جونہی ایک عشق ختم ہوا دوسرا چالو۔۔۔

سچ پوچھئے تو میں کہوں گا کہ اس عشق سے پہلے جو میں نے محبت کی تھی وہ بڑی جان لیوا تھی یعنی میں مرتے مرتے بچا۔ اگر آپ نے دُنیا کی مشہور عشقیہ داستانیں پڑھی ہوں گی تو آپ کو پتہ ہوگا کہ عشق کرنا۔ جوئے شیر لانے کے مترادف ہے ۔ اس سے بدتر کوئی کام نہیں ۔ میری حالت عشق شروع ہوتے ہی بگڑنے لگتی ہے ۔ میں فوراً جذباتی سا ہو جاتا ہوں۔ اپنی پچھلی محبتوں کو بھول جاتا ہوں اور جس سے محبت کرتا ہوں اسے اپنی پہلی محبت سمجھنے لگتا ہوں یعنی دل و جان سے فدا ہو جاتا ہوں ۔ اُلٹے سیدھے وعدے کرتا ہوں ۔ اگر میں نے اپنے آپ کو شادی شُدہ ظاہر کیا ہے تو میں فوراً اپنی محبوبہ سے کہہ دیتا ہوں کہ میں اپنی پہلی بیوی کو طلاق دے دوں گا۔ اور تمھارے ساتھ شادی کروں گا۔ تیاگ اور قُربانی کے اس جذبے سے متاثر ہو کر محبوبہ بڑی آسانی سے میرے جھانسے میں آجاتی ہے اور میری گرویدہ ہو جاتی ہے ۔ جہاں تک میرے دوسرے چھوٹے موٹے وعدوں کا تعلق ہے ۔ مثلاً مقررہ وقت پر ملنا۔ سینما جانا۔ کسی ریستوران میں جانا یا کھانا کھلانا۔ ان تمام وعدوں کو بڑے سلیقے سے نبھاتا ہوں ۔۔۔

محبوبہ کو خوش کرنے کے کئی طریقے ہیں ۔ مشہور کوکا پنڈت کے نسخے تو آپ نے آزمائے ہوں گے ۔ میرے ایک دو نسخے آزمائیے ۔ اس سے فائدہ ہی ہوگا۔ نقصان کی آمد کم ہے ۔

سب سے بہترین حربہ جس سے محبوبہ کو اپنایا جا سکتا ہے ۔ وہ یہ ہے کہ اپنی زبان سے کچھ نہ کہو۔ اسے کہنے دو۔ وہ تمھارے پاس بیٹھی ہو۔ تو یوں سمجھو کہ وہ تم سے بہت دور بیٹھی ہے ۔ یعنی وہ خود قریب آئے ۔ تُم خود قریب نہ جاؤ ۔ صاف ظاہر ہے کہ اس چکر میں قوتِ برداشت کی سخت ضرورت ہے ۔ یوں تو قوتِ برداشت کے بغیر کوئی بڑا اور اہم کام ہو ہی نہیں سکتا۔ دُنیا کے شہرت یافتہ اور بڑے انسانوں کی زندگیوں کا اگر جائزہ لیا جائے تو معلوم ہوگا کہ ان سب میں قوتِ برداشت کا مادہ سب سے زیادہ تھا۔ محبوبہ کو حاصل کرنے کے لئے اگر

اس تکنیک سے کام لیا جائے تو کیا قباحت ہے ۔ ایک بار جب آپ کی ہونے والی محبوبہ نے خود اپنی زبانِ مبارک سے یہ الفاظ کہہ دے گی ۔ "ڈارلنگ میں تم سے محبت کرتی ہوں ہوں" تو فتح آپ کی جناب ۔ اگر کسی وجہ سے آپ کی محبوبہ شرم اور لاج کی دیوی ہے اور وہ صرف اشاروں اور کنایوں سے اس جذبے کا اظہار کرتی ہے ۔ تو اس وقت آپ سمجھ لیجئے کہ آل کلیئر کا سگنل مل گیا۔اب آپ اپنی محبت کا اظہار کر سکتے ہیں ۔سنٹ پرسنٹ جیت آپ کی ہوگی ۔ اس طرح آپ رسوائی اور بے عزتی سے بچ جائیں گے۔

دراصل میں راہ سے بے راہ ہو گیا۔ یعنی میں اپنے عشق کا قصہ سُنا رہا تھا کہ بیچ میں لڑکیوں کو اپنانے کا طریقہ بتانے لگا ۔ جیسا کہ میں نے پہلے عرض کیا کہ آخری عشق کر کے میں نے قسم کھائی تھی کہ اب دوبارہ اس نامراد بیمار کا مُنہ نہ دیکھوں گا ۔کہ ایک دن اچانک ایک ماہِ لقا سے ٹکر لگتے ہی میرا چکر شروع ہو گیا۔یعنی اس کے سرو قد ، گوری رنگت اور چہرے کے خدو خال سے اتنا متاثر اور مرعوب ہوا کہ دُنیا و ما فیہا کو بھول گیا۔ گو عشق کرنے کے بعد مجھے معلوم ہوا کہ میں اس کی طرف رجوع نہ ہوا تھا بلکہ وہ میری طرف رجوع ہوئی تھی۔

محبوبہ کا میری طرف رجوع ہونا خطرے سے خالی نہ تھا۔یوں بھی اس عمر میں عشق کرنا موت کو دعوت دینا ہے ۔میں جانتا تھا کہ عشق کے شروع ہوتے ہی میرے دل کی رفتار یوں تیز ہوگی جیسے میں کسی راکٹ پر سوار ہوں اور جلد ہی کسی چاند پر اترنے والا ہوں ۔ عشق میں صرف دل کی دھڑکنیں ہی تیز نہیں ہوتیں بھوک بھی مر جاتی ہے ۔ راتوں کی نیند حرام ہو جاتی ہے ۔کسی دوسرے سے بات کرنے کو جی نہیں چاہتا ۔ ہمیشہ اس بات کی خواہش رہتی ہے کہ محبوبہ آپ کے سامنے بیٹھی رہے ۔کسی رقیب روسیاہ سے بات نہ کرے ۔کسی دوسرے کی طرف نہ دیکھے ۔بس اسی قسم کی جاہلانہ حرکتیں کرنے پر انسان مجبور ہو جاتا ہے ۔عشق کی آخری منزل تو بہت ہی بُری ہوتی ہے انسان پاگل سا ہو جاتا ہے ۔ بیوی کو اگر آپ کے عشق کا پتہ لگ گیا

تو سمجھو جیتے جی موت کا نظارہ آنکھوں کے آگے گھومنے لگتا ہے ایک طرف بیوی کی گالیاں سُنو تو دوسری طرف محبوبہ کی آہ وزاریاں ۔ کبھی بیوی آنکھیں دکھاتی ہے تو کبھی محبوبہ ۔ یعنی ان دونوں کے درمیان عاشق نامراد کی وہ حالت ہوتی ہے جو آج کل ویت نام کی ہو رہی ہے ۔ حضور انور ! عشق بہت بُری بلا ہے ۔ ایک بار جب اس نامراد بیماری کی لت پڑ گئی تو کمبخت پان ، بیڑی ، شراب ، افیون ، گانجا اور چرس پینے کی لت تو شاید چھوٹ جائے مگر عشق کرنے کی لت تو نہیں چھوٹتی ۔

جب میری حالت بد سے بدتر ہونے لگی اور جان کے لالے پڑ گئے ۔ تو میں نے اپنی ماہ لقا سے التجا کی ۔ "ڈارلنگ " میری آنکھوں کے آگے موت ناچ رہی ہے ۔ لبوں پر جان آٹکی ہوئی ہے ۔ اگر آپ مجھے معاف کر دیں گی تو بڑی عنایت ہوگی آپ کی "

کیوں جی ۔ آپ اتنی جلدی فیڈ اپ ہو گئے ہیں ہم سے ۔ ابھی تو ابتدائے عشق ہے ۔ آگے آگے دیکھئے ہوتا ہے کیا ۔"

میں اپنی محبوبہ سے صاف صاف کیسے کہتا کہ جانِ من ۔ یہ کھیل میں کئی بار کھیل چکا ہوں ۔ عشق اور محبت کی مصیبتیں کئی بار جھیل چکا ہوں ۔ میں جانتا ہوں کہ میرا کیا حشر ہونے والا ہے میں قبر میں پاؤں لٹکائے ہوئے ہوں ۔ گیس ٹربل کا پُرانا مریض ہوں ۔ دو قدم چلتا ہوں تو سانس پھولنے لگتی ہے ۔ یہ ڈاکٹروں اور حکیموں اور مرغن غذاؤں کا معجزہ ہے کہ میں خوبرو اور خوش شکل نظر آتا ہوں ورنہ میں کب کا شمشان گھاٹ پہنچ جاتا ۔ میری حالتِ زار پہ رحم کیجئے دیوی جی اور کسی نوجوان لڑکے سے عشق کیجئے ۔

مجھے نوجوان اچھے نہیں لگتے ۔ حسینہ نے میرے سوال کا جواب فوراً دیا ۔

اس مُنہ توڑ جواب کو سُن کر میں سن ہو گیا ۔ کیسا زمانہ آیا ہے جناب ۔ کیسی وبا چلی ہے کہ جوان لڑکیاں نوجوانوں سے عشق کرنا نہیں چاہتیں ۔ مغرب سے لے کر مشرق تک ، یعنی دُنیا کے ہر دیش میں اس نئی بیماری کو فروغ ملا ہے ۔ یعنی جب سے جان کینیڈی کی بیوہ نے اس راہ کو

اپنایا ہے نوجوان لڑکیاں بڈھوں کو اپنانے کی بھرپور کوشش میں مصروف نظر آتی ہیں۔ اور یہ کوشش ایک منظم تحریک کی صورت اختیار کر رہی ہے۔ مجھے تو اس تحریک میں ایک گہری سازش کا پتہ چلتا ہے۔ نوجوان لڑکیوں کی ایک بہت ہی سلجھی ہوئی اور ترقی پسندانہ سیاسی چال ہے۔ مردوں کو ہوشیار رہنا چاہیئے۔ ورنہ جس دُنیا پر ان کی حکومت ہے وہ ہاتھ سے نکل جائے گی

لیجیے میں اصلی موضوع کی طرف آتا ہوں۔ اپنا قصہ سناتا ہوں۔ میں نے اپنی محبوبہ سے کہا تھا کہ تمہارا عاشق کوئی مالدار آسامی نہیں بلکہ ایک غریب ادیب ہے جسے بنکوں کو نیشنلائز کرنے کے بعد بھی اس فہرست میں شامل نہیں کیا گیا جنھیں حکومت قرضہ دے گی۔ یعنی ایک رکشہ والا سے لے کر ایک موچی تک کو حکومت قرضہ دے گی مگر بیچارے ادیب کو اس قابل بھی نہ سمجھا گیا کہ اسے قرضہ دیا جائے۔ بہرحال جب میری محبوبہ کو میری اقتصادی حالت کا پتہ چلا تو وہ ٹس سے مس نہ ہوئی۔ بلکہ اس کی آنکھوں میں آنسو آ گئے۔ اور وہ لمبی لمبی آہیں بھی بھرنے لگی اور کہنے لگی۔ کیا آپ میرے متعلق یہ رائے رکھتے ہیں کہ میں آپ کے بینک بیلنس پر نظر رکھتی ہوں یا میں آپ کو مالدار آسامی سمجھ کر عشق فرما رہی ہوں۔ جی نہیں۔ میں دل و جان سے آپ کو چاہتی ہوں۔ میں اس جنم میں ہی کیا۔ اگلے جنم میں بھی آپ کی ہو کے رہوں گی۔

پھوٹ گئی ری قسمت ہماری۔ یہ جواب سُن کر میں سُن سا ہو گیا۔ اب تو مجھے پکا یقین ہو گیا کہ میرا کوئی قصور نہیں۔ اس لڑکی کے دماغ میں ضرور کوئی فتور ہے۔ اب آپ ہی بتائیے۔ حضور۔ میں کیا کرتا۔ کاش میں پرماتما ہوتا۔ یا میرے سینے میں گوشت اور پوست کے لوتھڑے کی جگہ سیمنٹ کا دل ہوتا تو ان آہوں، سسکیوں اور آنسوؤں کو نظرانداز کر دیتا۔ بس کیا عرض کروں کہ بندہ ناچیز اور کندہ ناتراش انسان کیا کرتا۔ اس عشق کے چکر میں ایسا پھنسا کہ حالات دگرگوں ہونے لگے۔

عشق کے کئی درجے ہوتے ہیں۔ شروع میں محض رسمی ملاقاتیں۔ بات سے بات بنتی اور بڑھتی ہے۔ ہر روز ملنے کا وعدہ، انتظار، محبت کا اظہار۔ اور ساتھ ہی ہلکا سا بخار

پھر وصل کا وعدہ - پھر ہجر کا رنگ گہرا ہونے لگتا ہے - پھر ایک اسٹیج ایسی بھی آتی ہے خُدا ایسی اسٹیج کبھی نہ لائے - جب عاشق معشوق ایک دوسرے سے بیزار ہو جاتے ہیں - یعنی ایک دوسرے کی صورت دیکھنا پسند نہیں کرتے - آخری اسٹیج کو تجربے کار عاشق بڑی تیزی آسانی سے برداشت کر لیتے ہیں - ناتجربہ کار عاشق تو اس منزل تک پہنچ ہی نہیں سکتے - اس سے پہلے ہی راہی ملک عدم ہوتے ہیں -

ہاں جب ہجر کی اسٹیج شروع ہوتی ہے تو عاشق کا اصلی امتحان شروع ہوتا ہے - ہجر اور فراق کی گھڑیاں بڑی جان لیوا ہوتی ہیں - بڑے بڑے عاشقوں کی بولتی بند ہو جاتی ہے - انہی لمحات میں اکثر عاشق گریبان چاک کر کے مجنوں بن جاتے ہیں - صحرا صحرا جنگل جنگل گھومنے لگتے ہیں - ماڈرن مجنوں اپنی جان بچانے کے لئے نرسنگ ہوم یا شفا خانے کی طرف منتقل ہوتے ہیں - کئی ایک اونچی بلڈنگوں سے چھلانگ مار کر زندگی ختم کر دیتے ہیں یا سمندر، دریا، کنواں میں چھلانگ لگا کر اگلے جہان کا رُخ کرتے ہیں - یوں آج کل کے عاشق اتنی دوڑ دھوپ نہیں کرتے، بڑے آرام اور چین سے مرنا چاہتے ہیں وہ بیچارے نیند آور گولیوں کو کھا کر سو جاتے ہیں اور دوبارہ اُٹھنے کا نام نہیں لیتے - یہ مرنے کا بہترین طریقہ ہے اور اس میں تکلیف کم ہوتی ہے - مرنے میں بڑا مزا آتا ہے اس لئے اس طریقے نے ایک وبائی صورت اختیار کر لی ہے - جس کی روک تھام بھارتی سرکار کو کرنا چاہیے -

چوں کہ میں درجنوں عشق کر چکا ہوں اس لئے میں خودکشی کرنے کے لئے تیار نہ تھا - میری قوتِ برداشت تو میری محبوبہ آزما چکی تھی اب میں اپنی محبوبہ کی سہن شکتی کو آزما رہا تھا - آخر کب تک وہ اس طرح عشق کرتی رہے گی -

ایک شام جب ہم دونوں سمندر کے کنارے بیٹھے ہوئے لہروں کو گن رہے تھے کہ میری محبوبہ نے کہا - "جس کمرے میں آپ رہتے ہیں کیا وہ کمرہ آپ ہی کا ہے؟"

"کمرہ تو مالک مکان کا ہے، لیکن رہتا میں ہوں اور کمرہ میرے نام پر ضرور ہے-"

"پرماتما کرے۔ اگر آپ مر جائیں، تو یہ کمرہ کس کے نام کریں گے آپ؟"

میں اپنی محبوبہ کی طرف دیکھنے لگا۔ معلوم ہوتا تھا کہ اب میری محبوبہ کی قوت برداشت جواب دے رہی تھی۔ اور وہ اپنی اصلی اوقات پر آ گئی تھی۔ گو سوال سے کافی ذہانت ٹپکتی تھی۔ شاید آپ کو معلوم نہیں کہ بمبئی میں نوکری اور چھوکری تو بڑی آسانی سے مل جاتی ہے مگر رہنے کے لئے دو گز زمین نہیں ملتی۔

اس شام میں چپ رہا۔ ہم دونوں سمندر کی لہریں گنتے رہے۔

کل جواب دوں گا۔ ڈارلنگ۔ کل اسی جگہ ملیں گے۔"

یہ کہہ کر میں اپنے گھر کی طرف روانہ ہوا۔

رات بھر سوچتا رہا۔ میری پریمیکا کافی ذہین ہے۔ میں آج تک اسے جاہل اور بے وقوف سمجھتا رہا۔ دراصل جہاں وہ رہتی ہے وہ جگہ بے حد گندی، گھٹیا اور چھوٹی ہے۔ میرا کمرہ کافی کشادہ، صاف ستھرا اور ہوادار ہے اور اب میری محبوبہ کو یقین ہو گیا تھا کہ یہ بڈھا زیادہ عرصہ تک جی نہیں سکتا۔ عشق جیسی نامراد بیماری اسے مار کر دم لے گی۔ مرنے سے پہلے اگر یہ بڈھا یہ کمرہ اس کے نام کر دے تو پو بارہ۔ یعنی۔ میری محبوبہ کی نظر میری کمر پر نہ تھی میرے کمرے پر تھی۔

اگلی شام میں سمندر کے کنارے نہ گیا۔ کیوں کہ میں نے تہیہ کر لیا تھا کہ مجھے صرف ایک دو ماہ یا ایک دو سال ہی نہیں جینا ہے بلکہ دس پندرہ سال اور زندہ رہنا ہے۔ اس کے بعد میری محبوبہ کے کئی پیام آئے۔ کئی خط آئے۔ لیکن میں نے اپنی محبوبہ سے ملنے سے انکار کر دیا۔ میری محبوبہ کو میری بے رُخی سے اندازہ ہو گیا کہ یہ چالاک اور کائیاں بڈھا اتنی آسانی سے نہ تو مرے گا اور نہ ہی اپنا کمرہ اس کے نام کرے گا۔ اس لئے وہ بھی کسی اور طرف رجوع ہو گئی۔

اب میں نے قسم کھائی ہے کہ میں اپنے کمرے میں مرنا چاہتا ہوں۔ کسی فٹ پاتھ پر نہیں۔ اس لئے اب میں نے توبہ کر لی ہے کہ آئندہ عشق نہیں کروں گا۔

ہم نے کار خریدی

وہ مثل تو آپ نے سُنی ہوگی کہ خدا کسی کو جب دیتا ہے تو چھپّر پھاڑ کر دیتا ہے۔ ہمیں بھی خدا نے روپیہ اور مرتبہ اسی طرح دیا۔ یوں تو فلمی دُنیا میں ہم ہاتھ دیکھنے آئے تھے۔ لیکن چند برس کے بعد ہم دوسروں کو ہاتھ دکھانے لگے۔ ایک اچھے خاصے مشہور اور امیر ایکٹر ہمارے جال میں ایسے پھنسے کہ بس ہمارے مُرید ہو کر رہ گئے۔ دراصل وہ تھے کافی ذہین اور قابل اور ہم تھے نہایت بے تُکے اور نا اہل۔ اکثر ذہین آدمی نا اہل آدمیوں کی صحبت زیادہ پسند کرتے ہیں کیونکہ ذہانت کی داد زیادہ تر جاہلوں سے ملا کرتی ہے۔

قصہ مختصر یہ کہ وہ ایکٹر جس کا نام میں ابھی نہیں بتانا چاہتا، ہماری جوتش کی سوجھ بوجھ سے اتنا متاثر ہوئے کہ انھوں نے اپنا کاروبار ہمارے سپرد کر دیا۔ جس وقت انھوں نے اپنے فلمی ادارے کا کاروبار ہمیں سونپا، اس وقت وہ گھاٹے میں جا رہے تھے۔ شاید انھوں نے سوچا ہوگا کہ ہم ستاروں کی مدد سے ان کی ڈگمگاتی کشتی کو ڈوبنے سے بچا لیں گے۔ لیکن انھوں نے یہ کبھی نہیں سوچا کہ جس شخص کے وہ یہ کام سپرد کر رہے تھے اس کی اپنی کشتی کب کی ڈوب چکی تھی۔ اب ہمارے لئے صرف ایک ہی راستہ تھا کہ ہم ان کی کشتی کو مکمل طور پر ڈبو کر اپنی کشتی کو پار لگا لیں۔ بس جناب ستاروں نے ہمارا ساتھ دیا۔ ہماری سوئی ہوئی ذہانت اُبھر آئی۔ اور ہم نے ان پر ہاتھ صاف کرنے شروع کر دیئے۔ ان کی اچھی خاصی فلم کمپنی اپنے نام کرالی۔ اب

ہماری نظران کی کار پر تھی۔ پوچھنے پر معلوم ہوا کہ کار ایک سندھی فنانسر کے پاس بیس ہزار روپوں میں گروی تھی۔ میرے دوست فرمانے لگے، آپ کار لے سکتے ہیں۔ بشرطیکہ آپ بیس ہزار روپے ادا کر دیں۔" دراصل ہم اس کار پر بُری طرح فدا تھے۔ عورت اور کار میں زیادہ فرق نہیں ہوتا۔ اگر ایک بار ان دونوں میں سے کسی پر دل آجائے۔ تو اسے اپنا بنانے کے سوا کوئی چارہ نہیں رہتا۔ پہلے تو ہم نے سوچا کہ یہ بیس ہزار روپے بھی اس کاٹھ کے اُلّو کی جیب ہی سے نکالے جائیں۔ لیکن کوشش کرنے پر معلوم ہوا کہ ایکٹر صاحب جلد ہی پبلک سیکٹر میں جانے والے ہیں۔ جب کشتی ڈوبنے لگتی ہے تو ہوش وحواس اُڑ جاتے ہیں۔ اور یوں بھی ہماری اقتصادی حالت آج کل بہت بہتر تھی۔ اس لئے ہمارے اندر رحم دلی اور انسان دوستی کی لہر اُبھر آئی۔ اور ہم نے اپنے کلیجے پر پتھر رکھ کر بیس ہزار اس سندھی مہاجن کے حوالے کر دیئے اور کار خرید لی۔

دراصل کار ایک ایسی شے ہے جو انسان کو اچھا خاصا بے کار بنا دیتی ہے۔ ہم کار لیکر جب گھر پہنچے تو محلّے کے لوگوں نے ہمیں گھورنا شروع کر دیا۔ اور جب ہم کار سے نیچے اُترے تو محلّے کا ہر شخص ہمیں یوں دیکھ رہا تھا، جیسے ہم کسی کا خون کر کے آئے تھے ــــ حالاں کہ ہم نے صرف اپنے بیس ہزار روپوں کا خون کیا تھا۔

یوں ایک خوبصورت کار اور داشتہ میں فرق نہیں ہوتا ــــ جیسے داشتہ پر بے تحاشہ روپے خرچ کرنا پڑتے ہیں اور اس کے تجربے برداشت کرنا پڑتے ہیں، اسی طرح کار کی دیکھ بھال میں پورا وقت اور کافی روپے خرچ کرنے ضروری ہو جاتے ہیں۔ داشتہ کسی بھی وقت کسی بھی جگہ اپنے پُرانے عاشق کو چھوڑ سکتی ہے۔ اسی طرح کار بھی کسی بھی وقت کسی بھی جگہ فیل ہو سکتی ہے۔

دیکھنے میں ہماری کار بڑی خوب صورت تھی ــــ اس کی لمبی چوڑی باڈی اور ظاہری چمک دمک سے ہماری آنکھیں خیرہ ہو جاتی تھیں اور دشمنوں کے سینے پر سانپ لوٹنے لگتے۔ سچ بات تو یہ ہے کہ کار کی لمبائی چوڑائی ہمارے فلیٹ سے بھی بڑی تھی۔ ہم نے پہلے ہی دن اپنی پیلی

کھڑکی کے قریب بچھوائی، تاکہ آنکھ کھلتے ہی ہماری نظر سب سے پہلے اپنی نئی نویلی کار پڑے۔ کار رکھنے کے لئے ہمارے پاس گیرج نہ تھا اس لئے ہمیں اپنی کار کو کھلے میدان میں رکھنا پڑا۔ رات بھر ہمیں صرف اس اندیشے سے نیند نہ آئی کہ رات کو محلے کے لونڈے کار کے شیشے نہ توڑ دیں یا مڈگارڈ نکال کر چور بازار میں نہ بیچ دیں۔

رات جیسے جاگ کر کاٹ لی۔ صبح سویرے ڈرائیور آدھمکا۔ اور ہمیں کار میں اسٹوڈیو لے گیا۔ جس طرح داشتہ کی اماں جان کا احترام واجب ہوتا ہے اور ان کی بات ماننی پڑتی ہے، اسی طرح آپ کار کے ڈرائیور کو ناراض نہیں کر سکتے، کیوں کہ کم بخت کسی بھی جگہ کار کو بے کار بنا سکتا ہے دراصل کار خریدنے کے بعد ہم نے سوچا یہ تھا کہ ہماری تکلیفوں میں اضافہ نہ ہوگا۔ بلکہ کمی ہوگی، یار دوستوں پر رعب پڑے گا، بیوی آگے پیچھے گھومے گی، اور ہماری بزنس میں ترقی ہوگی۔ لیکن یہاں تو یار دوستوں نے کار دیکھتے ہی مُنہ پھیر لیا۔ کتنوں نے تو صاف صاف یہ تک کہہ دیا "اخاہ! آخر آپ نے اپنے محسن کی کار بھی ہتھیالی! مان گئے گرو—— آخر دوست کو لنگوٹی بندھوا دی نا!"

بیوی کو مجھ پر پہلے ہی شک تھا کہ میں باہر کسی لڑکی سے عشق فرماتا ہوں۔ اب وہ کار کو بھی سوکن سمجھنے لگی۔ کہنے لگی "پہلے ہی کہاں گھر میں ٹکتے تھے جو اب ٹھیرو گے۔ اب تو چار پہیوں والی کھٹیا مل گئی۔ دن رات اسی پر سوار رہو۔ پرماتما کرے پنچر ہو جائیں چاروں ٹائر۔ تب کہیں جا کر میرا کلیجہ ٹھنڈا ہو گا۔"

ہمارے باپ دادا کی یہ حالت تھی کہ ان بے چاروں کو کار دیکھنا تک نصیب نہ ہوئی اور ہماری حماقت ملاحظہ فرمایئے کہ ہم نے کار تو خرید لی۔ لیکن خریدنے سے پہلے یہ بھی نہ پوچھا کہ یہ نیک بخت ایک گیلن میں دوڑے گی کتنے میل؟ جب ڈرائیور نے تقریباً ہر میل پر ایک گیلن پٹرول ڈلوانا شروع کیا تو ہمیں معلوم ہوا کہ ایک گیلن میں میم صاحب صرف سات میل چلتی ہیں۔ اب پٹرول کے علاوہ ہمیں کیا معلوم تھا کہ اس نخریلی کام کے اور بھی اخراجات ہوں گے یعنی

اس کے کل پُرزے بھی خراب ہو سکتے ہیں۔ آئے دن کبھی بریک خراب ہو جاتے ہیں، کبھی کلچ ٹوٹ جاتا، کبھی پٹرول کی ٹنکی لیک کرنے لگتی، کبھی آگے کی لائٹ فیل ہو جاتی، کبھی پیچھے کی، کبھی آگے کا ٹائر پنچر ہو جاتا۔ بارش کے دنوں میں اور مصیبت تھی ــــ یعنی ساری کار کو دھلوایئے، اور ڈرائیور نہ آئے تو خود پانی سے دھویئے اور کپڑے سے پونچھیئے۔ بس صاحب کیا عرض کروں، کس قسم پیشہ کے چنگل میں پھنس گیا ـــــ یہ نگوڑی کار تو اچھے خاصے کھاتے پیتے انسان کا دیوالہ نکال دیتی ہے۔

یار دوستوں کو کیا سوجھی کہ ہر دوسرے تیسرے دن کار مانگ کرلے جاتے۔ اب آپ ہی بتایئے پٹرول کے بغیر تو آپ کار نہیں بھیج سکتے۔ ہماری کار میں دس پندرہ گیلن سے کم پٹرول نہیں آتا۔ اور جب تک آ تنا پٹرول نہ ڈلوایا جائے ہماری کار سرکتی ہی نہیں ـــ ایک بار تو اپنی عزت بچانے کے لئے ہمیں اپنے گھر کا اسٹوو بھی بیچنا پڑا۔ تاکہ کار میں پٹرول ڈلوا کے اسے ایک عزیز دوست کے گھر بھجوایا جا سکے۔

چند مہینوں کے بعد ہمیں محسوس ہوا کہ اگر یہ کار چند مہینے اور ہمارے پاس رہی تو کھانے کے لالے پڑ جائیں گے اپنی رہی سہی عزت چلی جائے گی اور فاقے بھی کرنے پڑیں گے۔

اگر ڈرائیور کو تنخواہ وقت پر ملتی تو کار شان سے سڑکوں پر دندناتی پھرتی۔ لیکن جہاں اسے تنخواہ دینے میں تین چار دن کی دیر ہوئی کہ کار کے پُرزے خراب ہونے لگتے۔ بس بھلا ڈرائیور کار میں کوئی نہ کوئی نقص بتاکر روز کے دس پانچ روپے اینٹھ لیتا۔ اور کار کو 'ٹھیک' کراتا رہتا۔ ہم ایک نکمے آدمی کی طرح مونہہ دیکھتے رہ جاتے۔ اور خدا سے دُعا کرتے دولت عطا کر یا اس کار سے چھٹکارا دے ......

ہوتے ہوتے اس کار کے چلانے میں ہماری حالت ایسی دگرگوں ہوئی کہ بیوی کے گہنے تک بک گئے۔ گھر کا سامان گروی رکھ دیا گیا ڈرائیور نے تنخواہ نہ ملنے پر گالیاں دینی شروع کر دیں۔ بھائی بہنوں نے گھر آنا چھوڑ دیا۔ دوستوں نے اپنی کاروں میں لفٹ دینا بند کر دیا۔ کہتے " چلنے دو ٹھگ کو پیدل۔ ذرا اسے اپنی اوقات تو معلوم ہو جائے ......"

خدا جنت نصیب کرے اس نیک دل ٹرک ڈرائیور کو، جس نے ہمارے حال پر ترس کھا کر ہمیں نئی زندگی بخشی۔ اگر وہ ٹکر مار کر بھاگ نہ جاتا تو ہم اسے گلے سے لگا لیتے اور کہتے۔ "میرے عظیم محسن زندگی بھر تمہارا احسان نہیں بھولوں گا"۔ کم بخت نے کیا ٹکر ماری تھی کار کے دونوں دروازے یوں آپس میں بغل گیر ہوئے جیسے برسوں کے بچھڑے دوست گلے ملتے ہیں۔ ہم چونکہ پچھلی سیٹ پر براجمان تھے اس لئے بچ گئے۔ خدا ایک بار اور جنت نصیب کرے اس ٹرک ڈرائیور کو جس کی وجہ سے ہمارا ڈرائیور ایسا زخمی ہوا کہ ابھی تک ہسپتال میں پڑا کراہ رہا ہے، اور تین ماہ تک وہ اُٹھنے کے قابل نہیں ——— کم از کم تین ماہ تک تو وہ تنخواہ مانگنے نہیں آئے گا۔

سب سے زیادہ خوشی تو ہمیں اس بات سے ہوئی کہ ہماری کار اسٹوڈیو کے شیڈ میں کھڑی ہے۔ ہم ہر روز آتے جاتے اس کی طرف حسرت بھری نگاہوں سے دیکھ لیتے ہیں اور پھر خدا کا شکر بجالاتے ہیں کہ بڑے اچھے وقت پر اس کار سے پیچھا چھوٹا، نہیں تو یہ کار ہمیشہ کے لئے ہمیں بیکار بنا دیتی۔ ہم تو مرنے سے پہلے وصیت کر جائیں گے کہ دس شادی کر لیجئے لیکن کار کبھی نہ خریدیئے۔

مہندر ناتھ کے منتخب افسانوں کا ایک اور مجموعہ

چائے کی پیالی

مصنف : مہندر ناتھ

بین الاقوامی ایڈیشن منظر عام پر آچکا ہے